散文无界 +

益阳往事

杨卫·著

山西出版传媒集团　北岳文艺出版社
·太原·

图书在版编目(CIP)数据

益阳往事 / 杨卫著. —太原：北岳文艺出版社，2019.1
ISBN 978-7-5378-5758-1

Ⅰ.①益… Ⅱ.①杨… Ⅲ.①散文集—中国—当代 Ⅳ.①I267

中国版本图书馆CIP数据核字(2018)第257583号

| 书　　名：益阳往事 | 策　　划：续小强 | 书籍设计：张永文 |
| 著　　者：杨　卫 | 责任编辑：张　丽 | 印装监制：巩　璠 |

出版发行　山西出版传媒集团·北岳文艺出版社
地　　址　山西省太原市并州南路57号
邮　　编　030012
电　　话　0351-5628696（发行部）
　　　　　0351-5628688（总编室）
传　　真　0351-5628680
网　　址　http://www.bywy.com
E－mail　bywycbs@163.com
经 销 商　新华书店

印刷装订　山西人民印刷有限责任公司
开　　本　787mm×1092mm　1/32
字　　数　186千字
印　　张　7.5
版　　次　2019年1月第1版
印　　次　2019年1月山西第1次印刷
书　　号　ISBN 978-7-5378-5758-1
定　　价　45.80元

本书版权为本社独家所有，未经同意不得转载、摘编或复制

我目所能及的地方
都是我生存的故乡
　　　　　——杨卫

目录

001　序：杨卫的乡愁　　何立伟

001　我的老街
011　我的小学
021　我的中学
047　我与工艺美大
058　我的初恋
068　一本书的缘分
084　我的老师
111　偷听"邓丽君"
123　益阳剧院
135　我的街头生涯
147　我跟叶紫有个约会

166　后山周立波
191　追忆周扬
203　我的校友何凤山
218　我的家乡意识

杨卫的乡愁（序）

何立伟

杨卫在微信里给我发来了他的《益阳往事》文本，他说兄请看看，当然能够写几句话，更好。

我和杨卫接触不多，印象里他很忙，在祖国的上空飞来飞去，当然是只"益鸟"。也经常出现在长沙举办的各类画展上，有时候他的名字前加了个头衔：策展人。这种情形当然也会出现在其他的城市，最多的肯定是在北京。他微信里经常有他发的照片，黑压压的一大排人里头，他往往站在中间，不大伟岸，但是突出，微笑里有某种端肃。这种时候他的身份肯定是策展人。有时候，他的活跃让我目无暇接。

一些我们共同的朋友跟我说起过杨卫，说他这个人义道，好帮忙，同时他在中国的艺术批评界的江湖里，算得上是一位凌厉的角色，云云。这使我对他印象大好。

但是从他的文字里认识他，同从传闻里认识他，是另外一回事。

这本《益阳往事》，书名即是内容，记叙的当然是他在故乡益阳生活时的一些往事，闪动着回忆的粼光，也浸渍了酽酽的乡愁。

作为中国当代艺术颇有影响的批评家同策展人，杨卫对文学亦很钟情，我们互加了微信朋友圈，有段时间他几乎每天都在微信上发表他的诗，同时他也经常发表他写的散文，这本集子里的一些文章，我在他的微信里也拜读过。我不能说他的诗写得有多么好，但我看出他是以写作来审视生活，反观自我；他是敏感的，多思的，同时也是多情的。他的写作提升了他的精神感受的丰富性与敏感度。写作的过程使得他的内心激情如风鼓荡。我以为文学写作不只是他的爱好，也是他逼使自己成为时代与生活的在场者的证明。所以他表面忙碌地生活，实际上内心沉静而激荡。

他书写的益阳往事，那些已然逝去的岁月，成了他的内心生活，因此他的乡愁也成了他的内心审美。

沈从文对湘西的书写是在他离开湘西之后对他曾经在那片土地上的生活的一次次文学审美与粹取，杨卫亦是如此，他从益阳工艺美术职业学院毕业之后离开故乡到北京闯荡，从此不归。近三十年之后，他提起笔来，书写他的童年、少年和青年时期在益阳的生活，这生活已然审美化、文学化同情感化了。时间和空间的距离，使他对往昔岁月的回望，有了强烈的文学倾诉的欲望。于是也就有了这一十六篇成系列的怀旧性散文。

其实也不只是怀旧，是他内心里有一种东西无法割舍，这东西时间既不能漂白，亦不能淡忘，是眷念，是抚慰，是叹喟，是骄傲，亦是生命的证明与反思。同时，这些文章既是对生命个体经验的记录，也是对当代社会变迁的观照。在这些文章里，时代与个人是一体的，这就使得这些文章既明晰，又混沌。有一种"大"，藏在碎碎的"小"里面。

开篇的"我的老街"，杨卫对益阳的老街的形制、民居、风俗、氛围进行了梳理和描述，尤其对大码头的叙写，展现了一幅益阳街头文化特别是码头文化的民俗画卷。阅读中这些画卷在我脑子里活动起来，唤醒了我休克的记忆，我儿时的所见顿时浮在了眼前。时间深处藏着我们这一代人和不止我们这一代人的历史同岁月。

如今这样的老街同码头在城市里很少能看到了。所以杨卫对中国的城市化进程中功利主义的千篇一律的发展模式发出了感慨。他认为从长远看，这样的发展模式，使许多城市失去了个性同持久的竞争力。他在文末说："作为老街上走出来的益阳人，我只希望老街能够延续和发展。因为那是古城的灵魂，也是我的灵根。"我亦深以为然。

杨卫写他小时候总是转学，直到最后在桃花仑一带读书，"度过了人生中最为美好的少年时光，以及最为骚动不安的青春岁月"。

他在缝纫机厂子弟学校学会了抽烟。

也是在缝纫机厂子弟学校辍学后，开始了学画画。

从他的文章里，我看到他青少年时期不断辍学和不断流入底层社会，这期间有他混社会挨打的经历，有同学急性脑膜炎暴死的经历，和他蒙蒙眬眬初恋的经历以及偷听邓丽君的经历。总之，拿现在的话来说是一个"问题少年"的经历。他后来上了益阳工艺职业美院，接触了当时一批有才华却生不逢时的老师。他记下了每一位给过他美术同心灵启蒙的老师，他对他们有知遇之感，亦有感恩之心。在益阳工艺职业美术学院的学习奠定了他今后的人生道路，他也是从这里走向了北京和全国，成了后来的也就是今天的杨卫。

我从他的文章看出来，他特别珍视他自己的那段"打流"的街头浪荡生涯。也许他人生中最重要的经验不是来自书本，而是来自社会江湖。沈从文说他最受益的是读了社会这本大书。我想杨卫亦然。

作为艺术批评家和策展人，杨卫现在当然属于知识分子。但他成长经历中的那些街头教育同社会阅历，必定使他比一般从学校到学校的知识分子要更多一些生命的韧劲同对苦难的承受力，同时他也要多一些在社会各处走动时的如鱼得水。

在这一十六篇系列文章里，杨卫还对一些地方文化比如益阳的戏院进行了梳理，从戏院的变化中见证历史的流变如同白云苍狗。他还写了益阳的一些秘事，比方四方山藏着的马来西亚革命之声电台。那是中国输出红色革命时期的历史标本。当然，他也记叙了益阳的文化名人，特别是三周一叶（周谷城、周扬、周立波、叶紫）。

这些文章显示出杨卫对故乡一往情深，也显示出了他的赤子之心。

他对故乡的乡愁是他对自己生命的珍视。他向我们倾诉了他的益阳往事，而我们从这些往事中不但认识了益阳的过去，也认识了过去的杨卫。当然，过去的杨卫也就是现在的杨卫。他感叹岁月，不是因为他老了，而是因为他越来越哲学地观照自己，我从哪里来，我往哪里去。他对个人历史的回忆，包含着他对社会发展的隐忧。

他这批文章也写得非常好，自然、从容、朴素、真实，容易引起有过类似经历的阅读者的情感共鸣。

于是一个人的意义变成了许多人的意义。

这也是这本书的价值所在。

我的老街

年龄越大,越容易怀旧。或许,这是因为时间的压缩作用吧。人走得远了,后面的路,反倒就越来越长了。故乡的老街,对于我,就是一串长长的回忆,总是能够给我提供美好的想象,带给我无穷的回味。常常,当我困顿的时候,只要回想起故乡的老街,心里都不免会为之一振,涌出一股暖流,呈现一生的滋味。

我的故乡,在湘北地区,是南洞庭的重要门户。连绵不绝的雪峰山脉,在这里趋于平缓,形成一片开阔的冲积平原,谓之洞庭平原;一条发端于湖南城步苗族自治县北青山的赧水,与一条发端于广西资源县越城岭的夫夷水,从左右两源合并于邵阳县双江口,转而为资

1950年代的资江,照片取自杨卫收藏的老报纸

江，再流经邵阳、新化、安化、桃江等地，从我故乡穿过之后，汇入洞庭湖。因此，我的故乡，也是资江流域最为重要的转运码头。

资江是洞庭湖的分支，与另外的湘江、沅江和澧江，并称为四大流域，纵横交错、穿梭于潇湘境内。湖南自古之所以被誉为"鱼米之乡"，与这四条江河提供了源源不断的充足水源，不无关系。一年四季川流不息的河水，不仅适合于水稻和各类水生动植物的生长，而且也给丘陵地带陆路不甚便利的湖南，带来了水路上的发达。所以，古时湖南境内的城镇，大都是位于江边，沿河而起，在风水上更有河北筑城为阳、河南建市为阴的讲究。我的故乡，坐落在益水之北，故而得名益阳。

资江益阳段，照片取自杨卫收藏的旧材料

关于益水，古文献里多有记载，但大都语焉不详，隐约其词，因此，也给后人留下了许多悬念与猜想。益水是否就是现在的资江？或是另有其他源流？历来都有不同看法，可谓众说纷纭，莫衷一是。但不管分歧多大，有一点恐怕大家都无疑义，那就是益阳的先民们择居于此，确实是因为这里依山傍水，有着适宜人类生存的自然环境。

据考古发现，早在新石器时代的晚期，益阳境内就有了人类居住，在此牧猎耕种，繁衍生息。如果追溯起来，距今已有五千年左右的历史。东周以前,益阳区境属《书·禹贡》所载九州中的荆州管辖。战国时期为楚国黔中郡属地。公元前221年,秦灭楚后,立长沙郡,下设九县,益阳作为其中的一个县,由此得名。算起来,就城市的历史而言,益阳已经有两千多年了。

据说,益阳也是目前中国仅存的四座两千多年不曾更名的城市之一,可见其性格之顽固,历史之悠久。其实,只要略为了解一点历史知识,就能知道历史上不少重要人物和重要事件,都曾跟益阳发生过联系。比如三国纷争时,红脸关公就是在此演绎了一出"单刀赴会"的英雄故事;比如唐宣宗时,宰相裴休也曾在此护法讲学,留下了裴公亭等著名的历史遗迹……

但尽管如此,益阳相比另外三座两千多年没改名的历史古城——邯郸、成都和即墨,无论是就其影响力,还是知名度,都要略逊一筹。不过,这倒成了好事,因为恰恰是这种边缘状态,为世人所忽略,反使其躲过了历次战乱,也幸免于现代化的过度开发与建设,以至于到今天仍还保留着一条明清古街。而我,就是出生于这条老街之上。

其实,我的祖籍并非益阳,父亲是山东泰安人,1953年从西安邮电学校毕业之后,为响应国家号召,主动申请南下到湖南来工作,这才奠定了我作为益阳人的基础。据说,父亲留在益阳,完全是由于母亲的缘故。因为父亲到益阳后不久,便认识了益阳本地出生的母亲,并很快坠入爱河,以至于回绝了调省城长沙工作的机会。这也真正是千里姻缘一线牵。冥冥之中,自有安排,该错过的会错过,该相遇的必会相遇。

我和益阳老街结缘，便是由于父母的结合。之前，他们住过益阳的三里桥等地，那时，他们经历了一些什么？我不知道，反正待我出生时，我们家就搬到了老街上。现在我还记得，我们家当年住的房子，是老街上为数不多的砖瓦房，乃一幢旧式的二层小楼，我们家在二楼。那是益阳市邮电局的一处家属院，我们住的小楼，是家属院的后面一排，前面均是青砖加木制的小平房，故而，从我们家的阳台放眼望去，能够看到前面和周围一大片乌溜溜的黑屋顶。

这些由木材与青砖混合建筑的黑瓦房，就是遍布于益阳老街之上最为典型的明清建筑了。它们大都是就地取材，取当地的山石、树木等材料建筑而成。就其风格而言，一方面结合了湘西山区建筑的某些特点，如用麻石打基、以木材做梁等等；另一方面也借鉴了一些江南水乡的建筑模式，如以青砖砌墙、用黑瓦铺顶等等。由此形成一种独属于益阳老街上的建筑风格，呈现出了遵循自然、巧于取舍、开合有度、公私分明的美学特征。

此外，这些建筑的内部，也颇为复杂和讲究，往往是以二合、三合，或是四合天井院为基本单位，用一个又一个的天井院落，将房屋与房屋之间，以及房屋与过道、楼层之间有机地组合起来，再灵活地布置卧室、客厅、厨房等用房，既合理地安排了采光与通风，又给单一的住房，赋予了变化的空间。真可谓是虚实对应，既独立，又整体；既丰富，又无比协调。

我们住的那个家属院，名为院，实际上就是这样的一个天井，只不过是加以翻新了，属于新式的天井。在我印象中，我们院的那个天井，要比一般民居的天井大一号，而且还铺上了水泥。或许，这是因为邮电局征其作为家属院后，拆旧补新，加以改造之后的结果吧。

但尽管我们的天井院，已经旧貌换新颜。可是，除了我们的那幢二层小楼，左邻右舍的房子，仍旧还是低矮的青砖木屋，透着明清时期的古朴气息。如果从我们楼上下来，要出门的话，就得跨过那个水泥板的天井，然后再穿越这些老屋。我还记得，这些老屋分布在两边，其间有个走廊，益阳人叫巷子，完全是封闭式的。因此，巷子里非常昏暗，只能从两头借光。不过，巷子那头，却甚为撩人，因为穿过去，便是益阳当年最为热闹的临兴街了。

临兴街属于益阳市大码头片区，听名字就能知道她当年兴旺的程度。在我出生时，虽然是"文革"时期，到处都在抓革命，临兴街早就脱去了昔日的繁华，但仍不失为益阳的商业中心。当年益阳老城最为气派，也是最为高大的几栋建筑——大码头百货商店、副食品商店、益阳饭店等等，就坐落在我们街边。而老益阳的市政府、银行、邮局，以及商业局、粮食局、航运局、新华书店等机关单位，也都离我们相距不远。所以，那一带是老益阳名副其实的中心。

事实上，在陆路交通尚不发达的年代，大码头作为水运的交通枢纽，几乎成了益阳的最大门户。大码头的"大"字，就是因故而来。不过，听老一辈说，更早的老益阳，其繁华地段，并不在资江上首的大码头这边，而是在下首的西门口、南门口和东门口一带，那才算是益阳古城的城郭。但是，明清之际，随着越来越多外来人口的迁入，尤其是资江上游宝庆（现为邵阳）、新化、武冈、城步、新宁、安化等地的"非牯老"，即排筏工人，将益阳作为温柔乡与安乐窝，纷纷落户于大码头一带的头堡、二堡和三堡等地，并大规模地输入外来文化与外来思想，带来无数的商机，也就将益阳老城的中心，逐渐引向了大码头一带。

正是因为大码头一带掺杂了不同地方的人，融合了不同地区的文化，所以，这一带的生态，极为丰富，可谓三教汇聚，九流云集。20世纪80年代，迁出大码头之后的我，初涉社会，又曾回到此地玩耍过一阵。那时候，在益阳街上玩，只要提起大码头出来的，其他地方的年轻人，都会敬畏三分。原因就在于大码头这一带的人，彪悍勇猛，喜欢霸蛮，有着码头文化的传统。我记得，有一次我受了别人的欺负，还专门跑回大码头搬过救兵。当然，这些都是年少时的轻狂与躁动，也是后话，是我搬出临兴街多年后的事了。

回到过去，大码头遍布着酒楼茶肆、宅第店铺，以及戏院、钱庄、赌馆、烟舍等等，既是益阳的商业中心，也是益阳的建筑博物馆。在我儿时，这里许多地方都还保留着明清时的原貌，除了大码头百货大楼、副食品商店、益阳饭店等几栋新式洋派建筑以外，其他建筑都还是旧式的模样。这些建筑用青砖、黑瓦为材料，与木梁、木柱、木窗、木门等相结合，辅之以木雕、石雕等为装饰，形成一种既美观又实用的民居风格，也充分体现了益阳人兼容并蓄的性格。此外，古老的麻石街，贯穿于这些青砖木屋之间，将街头巷尾巧妙而有机地连接起来，又赋予了老街幽深醇美的古韵。

我儿时，大码头上面的二堡、三堡，以及下面的东门口、南门口一带，仍还留有不少这样的麻石街。父母常带我一起去老街上走亲串门，因此，我很早就体会了老街的古韵，闻到过老街上的烟火气息。

那时候，如果从我们住的临兴街出发，往上走依次是群众街、永清街、聚庆街、新兴街和涌泉街，往下行则是福星街、乾元街、西正街和东正街，其街长延绵不断，有整整十五华里。其时，两边还没有出现什么高耸建筑，有的只是一些错落有致的老店铺。

20世纪60年代的益阳大码头百货商店门前，杨卫的母亲曹晓云(左)与她同事合影

这些老店铺的铺面并不大，均是青砖木屋的结构，经年累月，风吹日晒，早已斑驳褪色，泛起了陈旧的深褐色。但屋子虽然破旧，且并不宽敞，可店铺和商品种类却很丰富，既有百货店、南货店、杂货店、粮油店、肉食店、花布店、糖果饼干店、槟榔烟丝店等等，也有切笋子的、磨米粉的、修洋伞的、补鞋的、编簟子的、扎灵屋子的、

2017年1月，杨卫在五十年前母亲拍过照的地方留影

卖刷把子的、炒瓜子的、摆小人书的小摊小铺……真可谓琳琅满目，应有尽有。因此，这些店铺里经常是热热闹闹，挤满了从四面八方涌来的乡民。这些乡民或是乘船而至，或是步行而来；他们有的挑着箩筐，有的挎着竹篮，一个个东张西望地穿梭于老街之上，总是能够乘兴而来，满意而归。

那时，汽车还很稀有，老街上除了单车，能够载人的，就只有人力车了。这些人力车和着单车一起，在老街上出出进进，跑来跑去，给凝固的老街增添了不少动态。印象最深的，还是黄昏时刻。每到那时，逛街的人流，渐渐散去，挂在街边电线杆上的广播，就会照例响起。而随着广播声响起，老街上的一些居民，便会纷纷往麻石街边摆出桌椅，有坐出来乘凉的老人，有趴在那里写作业的孩子，还有一家人热气腾腾围坐一起吃饭的情形……诸如此类，以暮色为背景，在渐消的夕阳下，共同演绎出了老街上温馨而安详的一幕，让我至今仍还记忆犹新。

因为益阳是个移民城市，码头文化盛行，故而，也引起了一些善心人士的担忧。所以，历来都有人在此兴建庙宇，至近代甚至还有不少西洋人，不远万里跑到益阳来传播福音，在此兴办教会，建立教堂、学校、医院等等。凡此种种，都是这些善心人士和布道者，希望借助于宗教信仰的力量，移风易俗，为益阳塑造淳朴敦厚的民风。

据说，过去十五华里的益阳麻石街上，曾有九宫十八庙。它们分别是五福宫、帝王宫、天后宫、药王宫、福星宫、万寿宫、紫云宫、乾元宫、南岳宫，以及关岳庙、玉皇庙、地母庙、师公庙、水府庙、魏公庙、白马庙、财神庙、轩辕庙、七公庙、张飞庙、天符庙、城隍庙、明星池、神农庙、葛公庙、江神庙、圣庙等等。而教堂与教会也同样分布甚广，不仅城内有五马坊的信义大教堂，城外的资江对岸，即桃花仑一带，也屹立着信义神学院、信义医院、信义中学、信义小学等许多教会建筑。只可惜我出生在"文革"时期，那时的民间信仰，均已被迫停止。所以，我没感受过那种浓烈的宗教氛围，对老街上的信仰情况，也是知之甚少。

1974年12月30日，横跨资江的益阳大桥，修筑通车之后，我们家便由资江北岸的老城区大码头，迁到了资江南岸的新城区桃花仑，自此搬出了老街。不过，虽然我离开了老街，后来一直生活在新城区，长在机关大院内，但老街作为我的出生地，其悠远的历史感与浓烈的人情味，却一直令我梦魂萦绕。

一晃数载过去了，我离开故乡益阳已经有二十多年，迁出老街则更为久远。如果不是听说老街要拆迁，我可能很难再回去，老街也就会成为我遥远的过去，凝固于我的记忆深处。然而，一个即将拆迁的信号，却犹如闪电，划开了我平静的生活，也唤醒了我跟故乡的联系。后来，通过几位当地艺术家的联络，我参与了发起保护老街的计划。这对于老街上出生的我，当然是责无旁贷，属分内之事。其实，我们呼吁保护老街，不只是为了给自己留住记忆，更为重要的是，为古城益阳的发展，寻找自身独特的优势。

中国的城市化进程，在集体主义与功利主义的驱使下，迅速扩张，形成了千篇一律的发展模式。短期看，这种发展现象，似乎不可避免；但长远看，却使许多城市丧失了个性，也失去了持久的竞争力。

2017年春节前，杨卫重访益阳老街的古巷

事实上，如今这种千城一孔的城市形态，其弊端早已经显露无遗了。许多城市也开始了反思，甚至有些地方为了打破这种同质化的局面，不惜花重金来修筑一些伪古董建筑，打造所谓特色老街、特色古镇等等。从这个意义上看，益阳尚还保留着真正的明清老街，是件幸事，是天赐益阳人的福气，当地政府应该引起足够的重视。而如何保护老街，将其有效地利用起来，开发成益阳独特的风景资源与旅游品牌，却是考验当地政府执政能力与管理智慧的关键所在……

作为老街上走出来的益阳人，我只希望老街能够延续和发展。因为那是古城的灵魂，也是我的灵根。

2017-1-31 于北京通州

我的小学

回想起来,我的读书经历非常曲折,单就小学而言,就读过好几所,这是移民子女所普遍面临的问题。因为我虽然出生于湖南益阳,但籍贯却在山东泰安。作为山东人的父亲,当年被学校分配到湖南来工作,虽然与益阳人的母亲结合,落户在了湖南,但几乎每年都要回山东老家探亲。这期间,也常会把我带上。所以,每到这时,我都要暂时中断学业,而往往待到从山东老家返回时,我都会因此错过了学期,也就很难再跟上班了。这时候,如果就地降级,父母怕我丢面子,于是,只好将我转学,到另外一个学校去复读;于是,我读书经历中,也就出现了不断转学的情况。

杨卫刚刚读书时,摄于1976年左右

算起来,我的小学曾经读过四所学校,如果抛开在山东老家,短暂读过的一所乡村小学,单就在湖南益阳读过的小学,就有三所。她们分别是原益阳缝纫机厂子弟小学、原益阳大渡口小学和益阳桃花仑小学。这其中,我读书时间最长、受教育最完整、也是对我人生产生了深刻影响的学校,当属桃花仑小学。

桃花仑小学是益阳最早的新式小学之一,前身为信义小学,是挪威信义会在益阳兴办的教会学校,始建于1905年。初建时选择的地址并不在现在的位置,而是在资江南岸的碧津渡下首,即后来的大渡口附近,也就是再后来的益阳航运局所在地。1910年,信义小学由资江边的碧津渡迁至现在的桃花仑,围绕桃花仑信义大教堂,新建校舍和住宅区,扩大了招生,才初具规模,有了后来桃花仑小学的雏形。

在我读书时,中国尚未进入全面城市化的进程,所以,益阳还基本保留着过去的旧貌,与世纪之初的印象相距不远。那时,桃花仑小学的主体,还都是信义小学的基础,学校除了篮球场进行了改造,另建了一栋新的教学楼以外,其他建筑大都还保留着旧式的模样。其中,有一幢老式的小洋楼,我印象非常深刻,因为我们有好几个年轻教师都住在里面,而我却常常因为调皮,被他们喊过去训话。所以,那幢小洋楼,我进进出出是一个常客。

民国时期位于桃花仑的信义小学,照片取自校史资料

现在我还清晰地记得,那是一幢以大理石为基础,水泥砖为材

料建造而成的西式小洋楼。主体风格仍沿用了哥特式建筑的设计，保留了高耸的屋顶和尖形的拱门，以及修长的束柱、硕大的窗户等等。但也吸收了一些中式元素，尤其是借鉴了一些江南建筑的特点，比如白墙、黑瓦等等。由此形成一种东西合璧、中西融汇的建筑风格，呈现了一种兼容与调和的美感。洋楼有好几层，楼梯在楼内，沿着墙边向上盘旋，扶手均为石材，结实厚重；但楼板却是木制的，时间久远，早已老化开裂，人走在上边，发出咯吱咯吱的声响；我们的几位年轻老师，均住在顶层的阁楼里，那些房子的开间很小，罩顶还是斜的，但倾斜的屋顶上，大都有一扇伸出去的天窗；透过天窗，能看到外面的参天古木，微风拂过，树叶微微颤动，犹如摇摆的舞蹈，启人联想……

此外，我印象较深的，还有我们学校的老校门。那个老校门，还是当年信义小学在桃花仑建校时所建，虽经年累月，已显斑驳，但几经修缮与维护，仍然庄严地屹立在那里。它是由一个宽大的拱形门洞，与厚重的木质门板组合而成，旁边是厚厚的岩壁，涂着白粉；拱门上方铺着黑瓦，与校园内的建筑相呼应，连成了一片极具特色的建筑群；巨大的硬木门板，镶在大理石门框上，门板上面还用铆钉拼出一些装饰图案，无不给人一种肃穆感。那时，学校的大队干部们，常在校门口检查红领巾，而我和几个捣蛋鬼，又常因为没戴红领巾，被阻止入内。故此，我们常会在校门口跟大队干部们发生争执……至今回想起这些，仍觉得少不谙事，难为了当时为我们好的老师和同学们。

回到我们学校的所在地——桃花仑，其实，繁荣的历史并不长。就这个地名而言，也是伴随着挪威人在此创业而出现的，不过百余年历史。20世纪之前的益阳，老城区主要分布在资江北岸，南岸还是

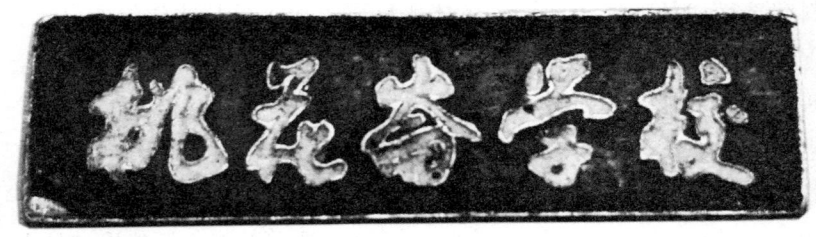

杨卫收藏的桃花仑小学校徽

一片尚未开发的凹凸荒地。据史料描述，当时资江南岸的益阳，地貌就如同一个山字；山字的两边，由西至东，是相距十里地的会龙山和赫山；山字两个凹的地方，则是秀峰湖与大海塘，而中间这一竖，就是现在的桃花仑了。不过，这一竖的真实地貌，却要比两边矮很多，实际上只是一个近十平方公里的土岗，且当时也不叫桃花仑，而是以山上自然生长的植物命名。它们分别叫：竹山坪、茅草湾、茶树城等等。

20世纪初，挪威人选择到这里创业，并把始建于碧津渡下首的信义小学也一并迁来，便是看上了这里的地理优势。那时候，洞庭湖几乎每年都要发水灾，而在资江流域来得最早，也是来势最凶的水汛，被称之为"桃花汛"。大的桃花汛来到时，这片土岗的四周，都会被淹没掉，唯独这片土岗郁葱青翠，像是云海里的一仑山峰，屹立在那里。于是，挪威信义会便看上了这块福地，一致决定给这里命名为"桃花仑"。为了使这个地名能够更加形象化和具体化，挪威人还专门从国外引进了当时最为先进的桃树品种，不仅自己在此广为种植，而且还引导当地农民一起栽种。所以，不出几年，这里便桃树成林，每到阳春三月，桃花就满山遍野地绽放。桃花仑因此也就名实相符了。

到我记事时,桃花仑的桃树,基本上已经砍光了,故而,我没见过那种花团锦簇的盛况。不过,我虽然没有在桃花仑见过桃树,但当年挪威人随同桃树一起种植的酸枣树,我却是见过许多,而且也吃过不少树上的酸枣。由于酸枣树生长速度极快,待我懂事时,这些挪威人种植的酸枣树,大都已是参天大树了。我记得,当时的桃花仑小学、市一中学(原信义大学和信义中学所在地)、老地委(益阳原为地区,1994年改为市,此为原益阳地区革命委员会所在地,是在原信义大学和信义中学的基础上扩建而成)等大院内,都有大棵大棵的酸枣树。我还记得,我有几次逃课,便是和高年级的同学一起,偷着跑去地委大院里打酸枣吃。那种嘻嘻哈哈、打打闹闹的情形,仿如昨日,至今仍还历历在目。

由于我小学总是转学,读书不连贯,再加上有点小调皮,所以,学习成绩一直不好。为此,父母也是伤透了脑筋。为了能使我的学习尽快得以提高,父母绞尽脑汁,也是想尽了办法。将我从大渡口小学转学至桃花仑小学,就是父母为提高我的学习成绩,所做的一种努力。现在说起来,可能转个学很容易,交钱便可以解决,但在当时却并非易事,尤其是对我这样学习成绩差的学生,从较差的学校转入较好的学校,可谓是难上加难。

说到益阳大渡口小学,算起来,我只在那里读过两年书,时间是1976年至1978年。此前,也就是1975年,因母亲在益阳缝纫机厂工作的缘故,我在其子弟小学发蒙,正式步入学堂。但同年底,因全家赴山东探望奶奶,只好中止缝纫机厂子弟小学的学业,待到再回益阳时,已是1976年春,早就错过了开学。所以,父母开始重新考虑我的读书问题,干脆就此把我转到了离家较近的大渡口小学。

再说说我们家，其实，原来并不在资江南岸，而是在老城区的大码头。1974年底，首座益阳大桥修通前后，我们家由北岸迁至南岸，落户在了桃花仑的益阳地区邮电局。自此，我便在桃花仑一带读书、成长，度过了人生中最为美好的少年时光，以及最为骚动不安的青春岁月，直到20岁出头离开益阳。

回到大渡口小学，它跟桃花仑小学一样，都离我们家不远，只是方向不同而已。大渡口小学紧靠资江边，因为依着益阳过去著名的大渡口而得名。在益阳大桥尚未出现之前，大渡口是贯通益阳南北两岸的重要渡口之一，以前也是车水马龙，人来人往。不过，随着益阳大桥的修通，连接两岸的纽带，被转移到了桥南和桥北，大渡口作为传统的轮渡码头，也就日益冷清了。大渡口小学就是在此之前筹建起来的，是为了满足北岸居民大量迁往南岸之后，孩子们读书的需要。它出现的时间并不长，1963年建校，而且在1978年，即我离开的那一年，也取消小学建制，改为了初级中学。所以，包括许多益阳人，都不知道大渡口小学的存在。只是对于我，这所学校很重要，因为我后来又在这里读过初中。不过，那已是后话，此处按下不表。

我在大渡口小学读了两年书。1978年底，全家再次赴山东探望奶奶，我只好又一次中断学业，随父母去了老家。这期间，我曾在山东老家的一所乡村小学插班，上了几天学，但因为不习惯那里的饮食，又半途辍学回了益阳。父母看我这样来回折腾，学习成绩日益下滑，甚为着急。这才有了将我降级，转入桃花仑小学的想法。但是，要进桃花仑小学，却绝非易事。因为桃花仑小学是名校，其前身信义小学不必详尽，早已出过何凤山等著名校友，单只说1956年更名以后，桃花仑小学也一直是益阳的重点学校。所以，要进入该校，确实需要一些门路。

据我父亲后来透露，我当年入桃花仑小学，有好多人帮了忙。其中，最主要的人物，是时任益阳地区教育局的贺局长。贺局长是我父亲的老朋友，一直很关心我的学习，为了能让我入桃花仑小学，他还专门给校领导写了信；其次，还有我父亲的另一位朋友姚医生，他夫人是当年桃花仑小学的教务主任；此外，知名儿童文学作家卓列兵先生，也为我进入桃花仑小学读书出过力。

卓列兵先生是我父亲的文友，20世纪70年代初就开始发表儿童文学作品，我很小的时候，便在《红小兵》等杂志上，读过他写的小故事。因为我父亲也爱好文学，过去，曾跟卓列兵先生有些交往。那时，我父亲和卓列兵均是业余作者，除了文学创作，都还有自己的本职工作。我父亲是邮电局的报务员，而卓列兵则是桃花仑小学的教师。因为这种背景和这层关系，为我读书之事，我父亲免不了要去麻烦卓列兵先生，而他自然也会鼎力相助。如此这般，有局长打招呼，有教务主任接收，又有老师的认可，我进入桃花仑小学，也就水到渠成了。

我在桃花仑小学读的那个班，名曰新46班。之所以"新"，是因为这个班原本不在计划内，而是为应时之需额外添加的：一方面集中了当年从外校转入的大批新生；另一方面也吸收了本校的一些降级生，可谓是七拼八凑的组合。称其为"新"，也纯属是无奈之举，因为前面已经有了46班，而后面的47班，则属于下一年级了。所以，加个"新"字轻装上阵，也就有了我们这个新46班。

杨卫(右四)小学毕业时与小组同学合影,摄于1982年

其实,不单我们的班次新、同学新,我们的班主任,也是新来的。她叫晏立新,原来在资江北岸的学门口小学教书,1979年调入桃花仑小学,首先就是教我们这批"杂牌军"。晏老师年轻漂亮,那时不过十七八的芳龄,正是美丽青春好年华。我现在还能清楚地记得晏老师当时的模样:身材苗条,清丽雅致,透着一股清纯动人的美;她喜欢扎辫子,两根麻花辫,或垂于胸前,或耷拉于肩后,楚楚动人……多少年以后,我曾对外展示过我们的小学毕业照,有朋友看了当时的晏老师后,惊叹不已,追问我后来从事文艺工作,是不是因为当初受了美女老师的影响?我没有回答,但我想,人生的影响是潜移默化的,我后来走上文艺之路,与晏老师的爱美之心,以及最早对我们的审美熏陶,应该或多或少还是有些关系吧。

晏老师对教学很投入,其最大特点,就是能够与学生融为一体。也许是因为年龄差距不大吧,晏老师常能跟我们一起交心,甚至课后还能跟我们一起玩耍。那时,晏老师就住在学校里面,而且她的宿舍就挨着我们教室,所以,我们有什么不懂之处,可以随时去向她请教。另外,晏老师的教学方法也很灵活,懂得因材施教。我们班有个同学,严重偏门,语文和其他科目一塌糊涂,但数学却特别拔尖,经常能越过我们年级,做一些高等数学题。晏老师针对他的数学特长,不仅专门辅导,而且还推荐他去参赛,给他增加信心;再有,我和几个捣蛋鬼，不爱读书，倒是喜欢运动，晏老师就干脆把我们组织起来，成立了篮球队，让我们发挥运动的特长；当然，对我个人而言，获益最多的，还是晏老师针对我们这些落后生，制定的一系列"帮带计划"。

所谓"帮带计划"，就是组织几个家住不远的同学，由成绩好的带成绩差的，成立学习小组，放学后集中到某位同学家，一起做作业，一起讨论，一起学习。这种办法确实很奏效，因为人是环境的动物，尤其是孩子，特别容易受到环境的影响。正所谓"近朱者赤，近墨者黑"。晏老师把我们这些调皮鬼和优秀学生放在一起，不仅可以让优秀学生帮助我们，而且还可以增加我们学习的信心。

关于我们这个学习小组，我必须要隆重介绍一下。因为我们小组，不仅集中了我们班的几个班干部，而且她们也是班上最漂亮的女生。我不知道这是不是晏老师的特意安排，总之，通过美的感召，我们几个调皮捣蛋的家伙，终于循规蹈矩起来，心悦诚服地开始学习了。

若干年后，随着微信的出现，我们失散多年的老同学，又通过微信建立了联系，并且还组了"新46班"的微信群。这之后，我回过几次益阳，也跟当年我们一个学习小组的几位女同学，如刘小燕、汤晖等一起相聚过。虽然几十年过去了，但我依然还能从她们身上，看到过去的那种纯真与秀美。只是可惜，我们小组的另一位美女同学张冰，很早就因病去世了，想着她的早逝，再想着她美丽的容颜，我不禁怅然若失。故人已乘黄鹤去，随风而去的，还有我们许多美好的时光……

新46班的毕业照,前排左六为晏立新老师,后排右五为杨卫,摄于1982年

不过,时光流逝,虽然改变了许多,但对于多数从桃花仑小学出来的师生,后来都还是往好里变了。学生们自不必说,从小到大,就是一路向上的过程。单只说我们的老师:我们的班主任晏立新,后来调到了广东,以优秀教师身份在深圳退休;美术老师盛景华,后来成了知名书画家、作家;音乐老师易可可,后来也调入湖南卫视工作,成了著名的记者;体育老师周建安,后来步入仕途,担任过益阳公安局副局长……由此,我想起了古希腊哲学家赫拉克利特说过的那句名言:"上升的路与下降的路,都是同一条路。"或许,桃花仑小学,就是我们这些人的必经之路吧。

只是对于我,还是有些遗憾,遗憾的是,我儿时上学走过的那条路,已经不复存在了。随着后来城市化进程的加速,我的家乡——湖南省益阳市,早就发生了翻天覆地的变化,不仅我曾经走过的上学路消失了,桃花仑小学的小洋楼、老校门等等,也都一概毁于现代化的轰鸣中,早就没了踪影。现在的桃花仑小学,被淹没在高楼大厦之间,据说,已跟周围楼宇连为一片了。不过,我只是听说,却再也没有回去过。

2017-2-12 于通州

我的中学

我的中学,像是坐过山车,如果不静下心来回忆,自己都可能会忘了到底读过多少学校。这是顽皮少年的苦恼人生:年少时,让父母头痛;长大后,回忆过去,却让自己头痛。

我读书的时候,正值中国的社会转型,即从先前的无产阶级"文化大革命",转向了后来的改革开放。虽然我到1975年才发蒙读书,只是赶上了"文革"的尾巴,但"文革"的某些阴影,尤其是那种反潮流的叛逆精神,却深深地影响了我。以至于成年以后,我还沿着这样的反叛轨迹,先是辞去工作,后闯荡北京,再后来又不断地转变自己的职业身份等等,一路跌跌撞撞,才走到了今天。

我还清楚地记得,在我儿时,张铁生、黄帅等名字是何等响亮。他们都是当年红极一时的"造反英雄""革命闯将",一度被"文革"高高抬起,捧为英雄和楷模,成了无数青少年学习的榜样。虽然,没过多久,他们的"勇敢"事迹就被完全否定了,但否定归否定,他们在我幼小的心灵,还是留下了挥之不去的痕迹。也许,这就是弗洛伊德所说的童年创伤理论吧。最初的刺激,往往能够影响人的一生。所以,我受"读书无用论"的灌输和影响,直到今天还能完整地背诵当时一部电影《放学以后》里的经典台词:"糖儿甜,糖儿香,吃吃玩玩喜洋洋;读书苦,读书忙,读书有个啥用场……"

读书到底有个啥用场呢?至少在我中学以前,始终没有弄明白。

大渡口中学

1982年夏,我读过四所小学,降过两个年级之后,总算在益阳市桃花仑小学顺利地毕业了。在小升初的考试中,我因为成绩不佳,无缘重点中学,最后只能勉强转到益阳市大渡口中学继续读初中。该中学是由小学改制而成,为初级中学,在我进去时,才刚招两届中学生。这些学生

杨卫收藏的益阳市大渡口中学校徽

的组成,一部分是由原大渡口小学直升上来;另一部分,则是一些被其他学校刷下来的劣等生。这么多调皮捣蛋的家伙集中在一起,可谓"群魔乱舞",倒也相互抵消了。

大渡口中学离我家不远,直线距离不过千米。如果从我们住的邮电局家属院出来,绕过益阳市一中,再插进一条小路,便可轻松抵达。这所学校的面积也不大,过去作为小学时,只有一排

平房,加上一个二层小楼;改为初中后,挖开半座山,修了一个操场,又加盖了一栋三层教学楼,这才有了一定的规模。但尽管如此,它紧挨着历史悠久、又是重点中学的益阳市一中,就像人家的附属初中,怎么都显不出自己的位置。

益阳市大渡口中学八五届第17班初中毕业留影。

其实,我的小学也曾在大渡口中学的前身,即大渡口小学读过。虽然现在改为了初中,但我对这一片还是比较熟悉。这里不仅有我认识的老师,也有我熟悉的同学。因为我当年从大渡口小学转到桃花仑小学时,降了两个年级,所以,现在重新回到大渡口中学,我过去的那些同学,作为大渡口中学的第一届初中生,都已步入初中三年级了。故此,我在大渡口中学上下都有同学,到处都是熟面孔,也就没人敢欺负。

20世纪80年代初的中国,社会转型才刚刚起步。随着国家对"文革"的否定,全社会开始了"拨乱反正",其中有一个重要的纠正举措,就是取消了城市青年的"下放"政策。这使得许多"插队知青",陆续从农村返城,与新毕业的几届初高中生混合一起,全都流向了社会。而当时还没有什么自谋职业,基本都是国有企业,实行的是全民所有制与集体所有制。这些企业的工作岗位极其有限,不可能一下子招收这么多职工,所以,许多从农村回来和从学校出来的年轻人,大都滞留在社会上,成了无事可做的"待业青年"。

年轻人是早上八九点钟的太阳,有着蓬勃的朝气,也有着燃烧的激情。如果社会不能提供给他们释放的出口,那么,他们就会自己去寻找。所以,那几年的中国,治安比较混乱,暴力事件时有发生,年轻人在街上打架斗殴,几乎成了家常便饭。我想,酿成这样的结果,虽然有"文革"造反派们"打砸抢"的余留,但更为重要的,还是年轻人的就业愿望得不到满足,激情没有释放的出口。打架斗殴与其说是争强好胜,不如说是一种激情的发泄与转移。

当时,我们学校周围,就有很多这样的"待业青年"。他们整日无所事事,三五成群地游荡在街头,打群架,抢军帽,争风吃醋。有时,他们也会跑到我们学校来进行骚扰。所以,为了对付这帮家伙,我们必须认识一些更加厉害的"刺儿头"们。于是,在各种机缘巧合的促成之下,我陆续结识了不少益阳街上的"名声哥",诸如"八仙会"的"郭老板""田鳖","梅花帮"的"雄山婆"等等。而在跟他们来来往往和一起玩耍中,我也不知不觉地卷入了一些街头事件。

我现在还记得,我当年曾随这些"带头大哥"们一起,参与过几次打群架。尽管后来都因为有更为大哥级的人物出面说和,实际上并没有打起来,但这种参与本身,就足以使我在学校里留下"威名"。此外,我还抢过别人的军帽,甚至有一次跑到市一中去抢军帽,还被他们学校抓获,扭送到了我父亲单位的保卫科……诸如此类的斑斑劣迹,引起了我父母的极大担忧。所以,他们思忖再三,最终还是决定将我转学至乡下，以隔离我在校外结识的这些狐朋狗友，疏远益阳街上的恶劣环境。

张家塞中学

那时候，我有一个舅舅（非亲舅，是我母亲的族亲，但我儿时曾在他父母家寄养过，故而亲如一家），叫曹荫南，在益阳乡下教书，是益阳县张家塞小学的校长。因此缘故，父母便想到了将我转入张家塞中学，一来可以找南舅帮忙；二来也可以让他有个照应。于是，1983年春，我从大渡口中学退学后，父亲便带着我去了乡下的张家塞。

张家塞是益阳下属的一个乡镇，为资江的尾闾。资江从邵阳经流冷水江、新化、安化、桃江和益阳古城之后，到甘溪港附近分岔，一边是经沙头流向洞庭湖；一边则是由张家塞汇入洞庭湖。在过去陆路交通尚不发达时，沙头也好，张家塞也罢，都是重要的水运码头。我小的时候，资江船运虽已式微，没有了昔日的兴盛，但依然还带着水陆平行的态势，水运尚存一些盛时的余温。所以，多数时候，我们出行还是喜欢坐船：一来是因为水运便宜；二来还可以借此欣赏两岸的风光。

从益阳老城到张家塞，每天都有好几班轮船。那会儿，我在张家塞读住学，每到周末回来休息完之后，再赴学校时，都是坐最早一班轮船，时间大概在凌晨六点左右。所以，我得起个大早，五点左右就得洗漱完毕；然后，背着书包和行李，步行至大渡口。那时，益阳有

在旧货市场淘到一张老照片,与张家塞中学宿舍几乎一模一样

两个主要的轮船泊位:一个是大码头;一个是大渡口。大码头停靠的基本都是大轮船,如果要去往长沙、武汉,乃至上海等远处,基本都是在大码头坐船;而大渡口,则分散了一些小轮船,主要是输送去往张家塞、沅江、沙头、茈湖口等短途的旅客。所以,相比而言,大渡口要比大码头略显冷清。

我现在还清楚地记得,当年大渡口的那个候船室,就耸立在资江南岸。它是一幢20世纪五六十年代的红砖建筑,高大而敞亮,拱形的屋顶,挑高的窗户,把候船室拉扯得更显空旷。我每次赶早班船,凌晨来到这里,都会因为时间太早,而常常只能看到几个人在候船。所以,我们零零落落地分散在候船室里,在天还没有破晓之前,显得格外孤单……

不过,虽然我后来去张家塞,都是坐的轮船,但头一次随父亲过去,却是坐的长途汽车。也许是因为父亲当时也并不了解张家塞的情况吧。其实,坐车和坐船的时间,都差不多。因为那时候的乡村公路,路况极为不好,汽车根本跑不起来。而通往乡间的长途客车,车况又很差,一般都是被城里淘汰下来,用于专门跑乡村公路的"闷罐车"。所以,老式的"闷罐车",行驶在坑坑洼洼的烂泥路上,叮叮当当，摇摇晃晃，从益阳城至张家塞，也同样需要两个多小时。而这两个多小时，如果换成坐船，可不知要舒服多少倍。

现在，我还仍然记得，当年随父亲初次去张家塞的情形。我们父子俩坐着"闷罐车"，一路颠簸，穿过兰溪，绕过沙头，最后才到达张家塞。然而，这并没有结束，我们下车之后，还得步行数里，才能抵达张家塞小学，我老舅曹荫南的家就在附近。于是，我和父亲在张家塞的镇上下了车之后，又转为"11路"（两条腿）继续前行。我们父子俩，一前一后，一高一矮，走在乡间垄道上，被两边绿油油的稻田所簇拥，犹如一大一小两颗闪烁的流星，飘过岁月的银河。那深情而飘逸的一幕，令我回味无穷。

我们找到曹荫南的家之后，他自然很高兴，热情洋溢地接待了我们。不过，我们并没有在他家耽搁太久，因为要急着报名入学，所以，我们匆匆吃过午饭后，又马不停蹄地随曹荫南一起，去了张家塞中学。张家塞中学与张家塞小学是联校，校长之间素有往来，所以，我也没花多少时间，跟校长打个招呼，便很快办理完入学和入住手续，告别父亲和南舅，独自在张家塞中学留下了。

张家塞中学，是一所初级中学，隐蔽在张家塞的腹地。张家塞是湖区，到处都是水潭和湿地，唯有这一片是个小山丘，张家塞中学就坐落在山丘边上。学校是一个两进院，第一排和第二排，分布着几间教室，后院是个小型的操坪，旁边则是教职工住房和学生宿舍，院子不大，但很饱满；学校里的房屋，除了我们那排宿舍为后盖的红砖房，其他都是旧式建筑，一律为青砖、黑瓦、木制门窗，典型的江南风格；校门也是老式的，有个宽大的拱形门洞，厚重的木门耸立其中，给人一种古朴和庄严感；此外，围墙后面，一排排参天古木，将校园围裹起来，更使得这里远离农忙的现场，平添了几分清雅与幽静。

我一直钟情于传统中国的乡村社会，尤其是在乡绅制度下，人们对知识的崇尚，确实令人神往。长大成人之后，我去过中国的不少地方，也参观过许多名胜古迹，发现一个大致现象，那就是过去的祠堂、书院和乡学等承载与传播文化的地方，大都是占据了风水最好的位置。这不得不说是我们先人的一种美德，是他们对文脉的一种尊重，对自我的一种认同。

话扯远了，回到张家寨中学。当时，我们的班主任胡老师，就是这么一位读过私塾的老先生。他孤身一人，就住在我们隔壁，而且他的小房间，连着我们的教室。所以，即便不是他老人家上课，出出进进，我们也总是能够彼此相望。那会儿，胡老师大概就已经有六七十岁了，他教我们语文，虽然上课时，拿的是新式课本，但下课后，自己却喜欢读古书。我曾看见他念古书的样子，摇头晃脑，嘴里还嘟嘟囔囔，像哼唱，又像是诵经。可惜，那时候我完全不懂，也不爱读书，错过了跟老先生学习古文的机会，铸成了终生遗憾。

另外，我印象较深的，还有我们的英语老师和数学老师，他们是小两口，也住在学校。那时候，城里孩子和农村孩子还是有很大区别，不单只是穿着不同，气质不同，甚至连头脑的反应也不一样。大概正是因为这个缘故吧，我们的英语老师和数学老师这小两口，都特别喜欢我，常邀我到他们的新房一起吃饭。这使得我在离开家读住学的过程中，似乎又找到了某种家的温馨。当然，我也不会亏待他们小两口,每次回城,我都会给他们捎些城里的新玩意儿。如此一来二往,我们便情同姊妹兄弟了。

当时,在张家塞中学读住学的学生并不多,我记得一共也就三四间宿舍,如果按每间宿舍平均五六个人算的话,男女生加起来,大概也不过二十来人。这其中大部分都是初三的学生,因为临近中考,为了便于复习,才有几个家庭条件不错的同学住到了学校。而像我这样,从数十里外的城市住过来,整个学校就我一人。所以,我在张家塞中学是个异数,显得有些格格不入。当时,全校三个年级四五个班,几乎所有师生都认识我。他们私下里都喜欢叫我"街痞子",而我,似乎也很享用这个称呼。

我在张家塞中学,经历了两件令我终生难忘的事情。其中之一,就是我的一个高年级同学死于急性脑膜炎。他是初三的学生,和我一样读住学,发病的头天晚上,还跟我一起玩过。不想,第二天早晨,便脑膜炎发作,夭亡了。我是亲眼看到几个乡村医生赶来后,将他从宿舍里抬出来的,用一个破烂的竹睡椅,绑了两根扁担,做成了一副简易的担架。我的这个同学躺在睡椅上,先是口吐白沫,后又全身抽搐,但没过多久,便两眼翻白,一命呜呼了。

这件事情,对我造成了极大刺激。因为这是我头一次亲眼看见死亡的全过程,由此带来的恐惧与惊悸,在我内心深处埋下了深深的阴影;其次,脑膜炎是传染病,急性脑膜炎在过去更是不治之症,我离这位同学那么近的距离,头天晚上还有接触,难免不被传染。想到这些,我不禁胆寒起来,产生了焦虑、紧张和恐慌的心理,以至于再也按捺不住,带着惶惶不安的情绪,独自步行几十里田埂路,连夜赶回了城里。

当然，事后证明，我并没有被传染，而是安然地在家度过了危险期。不过，虽然我幸免于感染，但当时那种紧张、害怕、无助乃至绝望的心理，至今回想起来，仍有余悸。另外，还有一点，让我记忆犹新，那就是我当时咬紧牙关，攥着拳头，抱着死也一定要死在家里的强烈愿望，独自徒步数十里夜路，冲破黑暗的那种精神。至今回想起来，似乎仍给我某种前行的动力。

这是我在张家塞中学最难忘的经历之一。还有一件事情，让我不仅难以忘却，而且还愧疚至今，以至于每次想起来，都会有一种自责。这件事件真可谓是引火烧身，也是直接导致我离开张家塞中学的原因。

事情的原委是这样的：我跟同宿舍的一个同学，大概是性格不合，总是闹点小矛盾；有一次，我故意挑衅他，还动了手；后来，他把这事报告给了老师，老师自然是严厉地批评了我；而我，也不知道是哪根神经出了问题，跑回宿舍后，竟然点着一把火，不仅把他的床和被褥全烧了，而且还差点把整个宿舍引燃。此事引起了轩然大波，令整个学校都震惊了。以前他们知道城里孩子顽皮，但没想到我有这么顽皮。所以，学校领导赶忙去找我的老舅曹荫南，而我，却趁着他们在找人之即，惊慌失措地逃离了张家塞。自此，我从张家塞中学退学，再也没有回去过，而是将那种羞愧、惶恐和负罪感，一并留给了大人们去处理。

山东之行

1983年初夏，我从张家塞中学退学，又重新回到了益阳城里。此时的益阳街上，仍然充满了躁动和不安。父母早被我在乡间的所作所为吓坏了，眼看我回城之后，又要跟那些社会青年掺和到一起，自然是心急如焚。于是，他们再度商量后，决定还是把我送回更远的山东老家，以杜绝社会上的不良风气对我的侵蚀和影响。

我的老家在山东泰安，父亲1935年出生于此。虽然父亲的家境并不太富裕，但尊孔崇儒的爷爷，却非常重视教育，倾心培养父亲和他的几个兄弟姊妹读书。父亲喜爱读书，于20世纪50年代初考上了山东莱芜师范，临近毕业时，西安邮电学校来要人，希望从莱芜师范挑选出一批优秀生，培养成报务员，建设新中国的报务事业。父亲因为成绩优异被选中，从此离开山东，先是去西安读书，后又分配至湖南，再后来又落户到了益阳。我成为益阳人，便是因为父亲的南下。这就是命运的机缘，冥冥之中，自有天意。

因为父亲的籍贯在山东，所以，儿时的我也常会随父母回老家探亲。但是，一般待的时间，都不会太长。而1983年这一次，却比较特殊，我在泰安老家，竟然足足待了两个多月。这有许多原因：首先，当然还是父母不希望我回益阳；其次，我也长大了，可以自己支配自己的行动，在老家天马行空、自由自在地玩，也就不怎么想回益阳了。那时，我奶奶还健在，老人都是隔代亲，我又是我们这一辈里年龄最小的男孩，所以，奶奶格外地宠我。正是在奶奶的呵护与宠爱之下，老家的上上下下，几乎没人敢管我。因此，我在老家也就真正体会到了自由放飞的快乐。

那时，正值夏日，是北方农作物，如玉米、高粱等，即将收获的季节。所以，在乡间旷野，在田塍土埂，到处都能看到绿油油的玉米，以及穗儿红红的高粱。那番景象，跟南方尤其是湖区的乡村，迥然不同。湖区种植的是水稻，矮小细嫩，站在田埂之上，可以一览无余。而北方则盛产玉米和高粱，它们生长在黄土地上，高耸挺拔，甚至可以为人们遮阴挡雨。我在山东老家时，就经常独自钻进高粱地和玉米丛，去享受那份惬意与宁静；也经常一个人流连于村外的小树林，追逐于闪烁的光影，与瑟瑟的微风并行。由此，我感受了南北的差异，也理解了性格的不同。

那年，我待在山东老家，还有两件事情值得记录：其一，是我在一个堂哥的指导下，终于学会了骑自行车，这为我后来的出行，提供了大大的方便；其二，就是当年轰动全国的"二王事件"，竟然也波及了我老家的乡村。当我在镇上、村头，不时地看到通缉"二王"的布告时，我体会到了空气中日益弥漫的紧张气氛，也隐隐地感觉到中国可能又会有大事要发生……

缝纫机厂子弟学校

1983年盛夏，在父母的催促之下，我告别山东老家的亲戚，重新回到益阳。当初，送我去山东的，是父母；现在，催我回来的，也是父母。究其原因，都是因为奶奶的过分宠爱。本来，父母送我去山东,是想让我疏远于益阳的环境,在山东好好读书。不想,我却在奶奶的庇护之下,不仅一天书没读,而且还经常在老家调皮捣蛋,弄得整个家族都围着我转。父母知道这些情况后,深为焦虑,也甚为后悔,只好又催促我回他们身边。于是,我也就再次告别山东老家,回到了生我养我的益阳市。

被废弃的益阳地区缝纫机厂子弟学校,摄于2013年

回到益阳,已临近开学,我再次面临读书的问题,父母又开始头痛了。原来的学校不可能再要我,那我还能去哪里呢?父母思量再三,最后选择了一条退路,那就是把我放到母亲的单位——益阳缝纫机厂的子弟学校插班。在父母看来,这样可以给我换个新的环境,远离原来的乌烟瘴气。因为益阳缝纫机厂子弟学校不在市区,离城较远,而且母亲在那里上班,可以陪我出行,把我看管起来,所以,把

被废弃的益阳地区缝纫机厂子弟学校,摄于2013年

我放到缝纫机厂子弟学校，他们觉得很放心。然而，情况却远非他们所设想，也完全不受他们所控制。因为我小学曾在益阳缝纫机厂子弟学校读过书，故而，那里上上下下我都熟悉。如今，我降级插班过来，原来的同学，都已到初三了。如此一来，我似乎又重复了大渡口中学的经历，很快便跟高年级的那些捣蛋鬼们打成了一片。

益阳缝纫机厂子弟学校，是一所厂矿学校，原来只有小学，后又增设了初中。但尽管学校包含了小学与初中，可规模并不大，每个年级只有一个班，全校师生加起来，不过二三百人，一个U型两层小楼，便可以全部包裹在里面。该校位于益阳缝纫机厂家属区边上，一边是一条通往厂区和家属区的大路，另一边则是一个半悬崖，只有一条小径从悬崖往下延伸，通往当年的梓山村水库和益阳麻纺厂等地。那时，我放学回家，会经常选择走这条小路。因为走这条小路穿过麻纺厂，再到赫山庙坐公交车回我们住的桃花仑，要比在缝纫机厂门口坐车便宜四分钱。我每天攒下四分钱（上学一般都是随母亲出行），一个月便能省出一块多，再加上父母平时给的零花钱，可以买一两条烟（当时一包常德烟是两毛六）。这是我当年的计划经济。

在益阳地区缝纫机厂子弟学校读书期间的杨卫(右)与朋友合影

现在回想起来，我学会抽烟，大概就是在那个时候。因为我们学校有好几个调皮鬼都抽烟，所以，你来我往地相互递烟，也就很快上瘾了。那时候，每到下课，别的同学玩游戏、跑厕所；而我们几个家伙，则会三三两两地蹭过墙角，拐到U型楼的背面去抽几口。那吞云吐雾的场景，颇为壮观，也极为魔幻，根本不像是在学校，倒像是飘在云上的日子。这可能正是子弟学校的弊端吧！因为都是一个单位的子弟，老师不敢严管，也就出现了这种听之任之的局面。

当然，这一切我父母并不知晓，他们总以为，我们学校远离了城区，应该也会减少污染。他们是这样想的，也是这样做的。后来，他们还专门给我买了一辆自行车，以弥补这个远距离带来的不便。却不曾想，我有了自行车以后，更是如虎添翼了，以至于后来每次放学，我都会利用这个放学回家的时间差，骑着自行车到街上溜一圈。慢慢地，我也就跟街上的那些"混混"们，又重新接上了头。

我在益阳缝纫机厂子弟学校读书期间，印象最深的经历，就是1983年的"严打"。益阳作为重点社会治安整治区，于"严打"中查获了不少大案要案，并处决了多人。其中，还有我认识的缝纫机厂子弟唐青山，因为打群架而判了死刑。此外，我自己也在"严打"中受到牵连，因为喜欢收听邓丽君的"靡靡之音"，一度被派出所传唤，并受到学校的处分……这些记忆，都让我挥之不去。

正式开始学画

1984年秋，我因为调皮捣蛋，被缝纫机厂子弟学校屡次处分后，已心生去意，不想再读书了。后来，经过与父母的几次强烈争执，甚至以离家出走进行反抗，最后逼迫父母接受了我的弃学要求。于是，我便离开缝纫机厂子弟学校，又重新回到了社会上。这其间，我曾经在大渡口中学读书时的同学余勇，以及同家属院的许方等等，也都纷纷辍学，待业在家。于是，我们很快便结为一伙，参与了不少街头事件。再后来，我通过余勇又结识了张强、熊亮亮、石文庆、郭习军等等许多同龄的"不良少年"，且共同在益阳街上演绎了许多荒唐经历。不过，这已是后话。回到我刚弃学时的状态，父母虽然同意我不读书，但规定我必须学一门技术。于是，他们顺着我儿时喜欢画画的兴趣，帮我找老师，联系画友，将我的兴趣引向美术，也就避免了我游手好闲，没有彻底流向社会。

　　现在回想起来，父母当初帮我做出的这个选择，对我的整个人生而言，可以说是起到了至关重要的作用。因为我当时已经像匹脱缰的野马，心已飞、人已野，很难再把我拉回去，重新约束起来。所以，父母干脆换取一种方式，以我的兴趣为出发点，进行引导和培育。这样，我被自己的兴趣所折服，也就心甘情愿地步入了自己的爱好之中。回头看，我父母当初的用意，确实英明，也是煞费了苦心。

　　我在益阳学画，曾拜过不少老师，其中有湖南工艺美术职业学院的教授贵体侃老师，有后任益阳美术家协会主席的廖正华老师等等；也曾入益阳市文化馆举办的美术培训班学习，聆听过益阳美术界的不少前辈，如陈腊年、李天祥等人的教诲；但是，对我的艺术生涯真正产生影响的，还不是这些老先生，而是同辈的一些文艺青年，如徐大良、冷奇才、汤超、胡勇鹏，以及黄灿等人。我记得，从1984年冬开始，我就跟这拨年轻人掺和在一起，共同学画，一起写生，后又结伴辗转于全国各地去考学，经历了许多难忘的岁月。我的绘画基础，以及艺术素养,基本上就是在那个时候奠定的。

第一职业中学

1985年,是当代中国最具活力的一年。这一年,社会再度趋于开放,无论是思想界,还是文艺界,都发生了许多重要变化。诸如"先锋文学""新潮美术"等文艺思潮,正是在这一年集中喷发,构成了一个巨大的文化冲击波,刷新了整个社会的精神面貌,史称"85新潮"。不过,作为小城少年的我,对比只是一些朦朦胧胧的印象,更为深刻的体验,还是自己人生轨迹的变化,即由原本的辍学状态,又再次开始学生生涯。

杨卫收藏的益阳市第一职业中学校徽

说起这些,当然又要归功于我的父母。他们看到我自从学画以来,兴致不减,便不断鼓励我去考学,同时,也伺机在为我寻找再次读书的可能。恰逢此时,国家开始提倡职业教育,原益阳市第四中学,被改为益阳市第一职业中学,相继开设了幼师、财会和美术三个专业。其中,美术班还向社会招生,接受职业培训。父母闻讯后,便建议我到美术班去学习,并答应只要我学好专业,不给我任何文化课的压力。我在父母的劝说之下,一方面出于对绘画的兴趣;另一方面也是对该校的好奇,便满口答应了下来。于是,我在失学半年多之后,又重新背起书包,踏进了校门。

画中景物便是益阳市第一中学外面的大树。至1970年代需五六个人手牵手才能将大树环抱，1980年代初因扩修马路，该树被砍伐。远处的楼房是原益阳地区邮电局办公大楼，后面为邮电局宿舍，杨卫就是成长于此。该大楼也于1980年代中期拆除

益阳市第一职业中学更早的前身，为益阳私立豫章中学，原校址在益阳大桥北端的西侧，今益阳大厦所在地。此处早年为万寿宫，系旅居益阳的江西商人、手工业者集资营建，后成为江西同乡会馆。清末民初，旅益江西人在此兴办新学，1927年正式创建益阳私立豫章小学；1946年春，开办益阳私立豫章中学；1956年8月，豫章中学由益阳政府接办，改名为益阳市第四中学；1983年9月，该校在全市率先试办幼儿师范、美术两个职业高中班；1984年10月8日，经益阳政府批准，益阳市第四中学正式改制为职业高中，并改名为益阳市第一职业中学，停止招收普通初、高中生；1986年8月，该校迁至现址——市区近郊马良村。而我，则是在该校迁址之前的最后一年进去读书的。所以，我对一职中的印象，还是在汽车路，即大桥下面的印象。

本来，我进入一职中读书，是要插班到"美一班"的，但因为错过了学期，专业老师黄坚先生，建议我还是转到正在招生的"美二班"学习。于是，我便通过简单的专业考试，顺利地进入益阳市第一职业中学，成了一名美术新生。

我现在还记得，一职中当年的模样，就在益阳大桥西侧，校门靠东，正对着大桥下的农贸市场，闹中取静；校园里，虽然建了两幢红砖的新式教学楼，但仍有几排青砖黑瓦的老房子，夹在碧绿的参天古木下，透着一种陈旧的历史感，给人一种古朴庄严的气息；我刚进学校时，校门口还有两头石狮子，是南派的石雕风格，威武狰狞，令人生畏……可惜，我入校没多久，因为学校原址要腾出来给政府建益阳大厦，所以，两对石狮子被工人挪走了，不知去向。不仅如此，学校里的老房子，也很快被拆除，只剩下两栋红砖的新式教学楼，孤零零地耸立于残砖断瓦的废墟中间。我在益阳市第一职业中学的读书生涯，就是于这样一片满目疮痍的废墟之上，伴着

杨卫收藏的益阳市第一桥的照片，远处正在建的高楼处即是原益阳市第一职业中学所在地，我读书时此处正在拆迁

建筑工地的轰隆声拉开帷幕的。

我们"美二班"的教室，位于北侧的教学楼；该楼为二层，我们在二楼，旁边是财会班；而楼下，则是驰名益阳的幼师二班。说起一职中的幼师班，可以说是享誉益阳。因为幼师班集中了益阳街上的不少文艺少女，她们个个都月貌花容，含苞欲放，所以，也不断吸引着一些社会青年，来此扑香追蝶，弄得整个学校上下不宁。好在，我曾经在社会上玩过几天，与不少"街痞子"都打过交道，所以，他们出

出进进，倒没有什么人招惹我。

其实，我也是幼师班的追慕者之一。当时之所以愿意到一职中读书，除了学习美术，还有一个更重要的原因，那就是可以与幼师班毗邻。所以，我入校之后，很快便通过各种渠道，认识了幼师班的上上下下，尤其是与幼师二班的不少同学打得火热。说起来，我的初恋，便是发端于此，是幼师二班一位名叫肖肖的女同学，令我情窦初开，产生了爱的萌动。当然，那只是一种朦胧的爱恋，并不明确。我们之间，除了彼此心仪，一起散过步，看过电影之外，其实，什么也没有做过。或许，这就是那个年代的初恋吧，单纯、懵懂，又有些不知所措。

再次流入社会

我离开益阳市一职中，最直接的原因，就是因为失恋。虽然我和肖肖，谈不上什么恋爱关系，但她确实令我牵肠挂肚，朝思暮想。本来，我幻想着这段感情能够修成正果，我和肖肖可以结为秦晋之好。然而，却因为我的各种粗疏大意，使她倍感失望，从而有意疏远于我。在我努力试图弥补、不断恳求而无果的情况下，我失魂落魄，陷入了极度的痛苦之中，学习的兴趣，也就荡然无存了。于是，我带着这份痛苦与遗憾，于1986年初，悲伤地离开了益阳市第一职业中学。

面对父母的追问，我谎称是一职中的教学质量不行；而对于父母的担忧，我则表示，将继续参加艺考。这样，我骗取父母的信认，让他们吃了定心丸之后，又一次走向了社会。这之后，我以外出画画，或以出门考学的名义,不仅又混迹到了益阳街上,而且还辗转各地,去过不少地方。这一年,发生了不少事情,对我的人生,均产生了至关重要的影响。期间,我参与了一次群殴,因

杨卫(左二)和友人们,摄于1986年

我方失利,我被对方绑架,打得半死。由此,我开始厌倦起街头生涯,对打打杀杀的江湖社会,产生了疏远心理。

事情本来与我无关,而是我们的一个玩伴被人欺负了,他不甘心,喊了我们去报复。不想,当我们一路喊杀过去时,对方早有戒备。结果,我和另外一个同伴被对方生擒,并被他们绑架到荒郊野外,打得半死不活。幸亏他们中有我一个认识的朋友,后来把我解救出来,否则,照我这样的体格,受他们轮番凌暴,可能早就命丧黄泉了。所以,我很感激当初救我的朋友,当然,也对抛下我们不管的那些同伙们心生埋怨。

那时候,我们在益阳街上玩,都是分街区、分地盘的,我们一般只在赫山庙和桃花仑一带耍,没有特殊情况,绝不越出这个范围。然而,欺负我们那个朋友的家伙,却是桥南一带的"名声哥"。所以,我们要进行报复,就得跑到他们的地盘上去。这实际上犯了大忌,也是冒了极大的风险。怪只怪我们当时太嚣张、太气盛了,也怪我们低估了对方的势力。吃这个亏,是我自己找的;得到这个血的教训,也

是对我"混社会"的一种惩罚。

如果说这次被打的经历,构成了我远离纷乱社会的心理原因,那么,还有一些事件,则直接促成了我浪子回头的外在动因。这个动因,跟我在社会上的几个好友,如熊亮亮、余勇、李斌等人先后被抓有关。这些人都是我最要好的少年玩伴,其中余勇还是我在大渡口中学时的同学。我们一起步入社会,在益阳街上玩,共荣辱,同患难,经历过许多风风雨雨,

再次流向社会的杨卫

如一起打过架,一起追过女孩子等等。但是,唯独在我的这群玩伴犯案之时,我却没有和他们在一起,说起来,也是我的侥幸。或许,冥冥之中,命运早有安排,要把我的生存轨迹,从泥潭中拉出,回归于"艺术人生"。

正是因为我在益阳街上失去了玩伴,感到一种空前的失落,于是,便心回意转,到自己喜爱的美术中寻找慰藉,又重新升起了考学的愿望。父母看到我的这种回归,自然是喜出望外,但又担心我报考美术院校时,文化成绩不行。所以,便通过我母亲的一个远亲——曹舜英姨母的关系,找到她在益阳市第七中学教书的女儿肖老师,把我安排到该校去插班,补习文化课程。于是,我在离开学校近一年之后,又一次踏进了中学的大门。

第七中学

　　益阳市第七中学位于益阳市志溪河,是离市区较远的一所中学。从我们住的桃花仑到那里,要经桥南,过著名的会龙山,再穿越一条铁路线,拐几道大弯之后,才能抵达。因地处偏远,过去我很少去那一带。那里的生态和景观,跟益阳市区也有所不同,基本上都是山地,鲜有市民居住,只有几个大型工厂坐落

杨卫收藏的益阳市第七中学校徽

在山那边,如橡胶机械厂、船舶厂等等。因此,那里充满了工业化的气息,"三线"(20世纪六七十年代,为防止战争爆发,国家将许多重工业都迁至偏僻的西南或西北山区,俗称"三线工程",以此区别于以沿海为代表的一线和京广铁路之间的所谓二线)色彩浓重。

　　益阳市第七中学的学生大都是厂矿子弟,另有少部分农户子女,而像我这样从市中心跑来读书的,可以说是寥寥无几。不过,虽然从市里来读书的孩子不多,但从外地寄宿于此的学生,却有不少。学校不仅为他们安排了宿舍,也设立了食堂。我因为住得远,骑自行车到学校,要一个多小时路程,而如果坐公交车,更是要倒好几趟,所以,中午我一般都不回家,也跟寄宿学生一起在学校食堂吃饭。而就是在这个七中的食堂,我认识了一个名叫惠惠的沅江女孩,并蹦出火花,产生了一段隐约的恋情,从而也由此对益阳市第七中学,有了刻

骨铭心的记忆。

说是恋情,其实,不过是一种朦胧的好感,至少在七中读书期间,我和惠惠彼此都没有表露。至于我们相好过一段的经历,那是从七中出来很久以后,我们又鬼使神差地联系上,才得以继续发展的后话,此处不表。我在这里只是想回溯一下,初次邂逅惠惠时的心情,简直可以用心花怒放来形容,以至于今天回忆起来,仍还有些怦然心动……

1986年夏末,刚入益阳市第七中学读书时的汤卫

那是一个秋高气爽的中午,我上完课,拿着饭盒去食堂打饭,正准备排队之时,有个同样拿着饭盒的女孩子小跑过来,抢先一步,正好插在了我前面。她长得如出水的芙蓉,大眼睛,短头发,楚楚动人;她的装束也很洋气,穿一条修身的喇叭裤,着半高跟鞋,更是突显出窈窕的身材。见到她的第一眼,我便心潮澎湃,有一种置身于午后的阳光下,特别温暖的感觉。也许,这就是一见钟情吧,不管有没有人相信,反正,我见到惠惠时,有过这样的体验。

说来也巧,惠惠竟然跟我在大渡口中学时的一个同学相熟,或者更准确地说,我的那个老同学,当时正在追求惠惠。这就是命运的埋伏。缘分也有许多岔路口,我们不知道从哪里来,要到哪里去,但总有一种秘密力量,让有缘人相遇,而且相知、相守。我现在还记得,我认识惠惠的那一刻,是在一个周末的日落黄昏。放学后,我正准备骑车回家,不想,在校门口遇到了我的那个老同学。他很远就喊我的名字,让我颇感意外,因为益阳市七中离城区较远,我的这个老同学,怎么会跑到这么偏远的地方来呢?后经打听才知道,原来他是来这找一个女孩,而这个女孩子,就是我那天在食堂里遇见的惠惠。

经老同学介绍,我就这样跟惠惠相识了。我还记得,那天,我不仅和我的老同学一起在校门口等来了惠惠,而且还随着他们一起进城吃了饭,看了电影,度过了一个愉快的周末。临别时,我的老同学还一再叮嘱我,要我在学校里多照顾这个从外地来益阳读书的小妹妹……这些记忆,我还历历在目。

正是受老同学的嘱托,这之后,我和惠惠每次再到食堂打饭,都会相约一起,并且还常到校外

在益阳市第七中学读书期间的杨卫

去散步……如此一来二去,悠悠忘返,我们便成了形影不离、无话不谈的朋友。我记得,我们在一起时,彼此的话都特别多,而聊得最多的话题,就是未来的人生理想,关乎学习,关乎事业,也关乎爱情。虽然每每聊到动情之处,我们常常会欲言而止,但彼此都心有灵犀,完全明白对方的心思,也知道自己在对方心目中的位置。然而,遗憾的是,我们之间隔着我的一个老同学。所以,在七中读书期间,我和惠惠虽然彼此倾心,但却秘而未宣,始终没有把"喜欢"两个字吐露出来。

杨卫在益阳市第七中学读书期间，在学校门口的小卖部

大概正是因为左右为难、进退不是的缘故。后来，惠惠干脆向我介绍了她的一个沅江同乡，也是在七中读书的燕子认识，想以此化解我们之间的踌躇。我心中虽然惦记着惠惠，但还是勉强接受了她的介绍，跟燕子交好了一段。不过，也正是因为燕子的缘故，我被迫离开了七中。说起来，也都是年少荒唐。因为燕子在七中读书时，已有校外的社会青年在追求她。当他们知道我跟燕子相好后，便纠集起来不断找我麻烦。我经常受到他们的挑衅，时刻处于危险之中，已无法再正常学习。所以，便于1986年深秋再次弃学，离开了益阳市第七中学。于是，伴着一段早恋的结束，我的中学生涯，也由此画上了残缺的句号。

这之后，父母怕我再次流向社会，便通过各种关系，把我送进了母亲的单位——益阳地区缝纫机厂做临时工；不久，又经过短暂的培训，我正式进到父亲的单位——益阳地区邮电局工作，当了一名送信的投递员；再后来，我厌倦了年复一年、日复一日的重复工作，主动辞职，决意继续考学，并最终如愿以偿……但这些都已经是后话，在此之前，我所经历的中学时光，竟是如此曲折辗转，如此跌宕起伏，也是如此的荒诞不经。不过，这也是我的人生财富。正是因为有了这些"财富"，使我今天打开记忆的抽屉时，总能看到一种别样的人生，以至于每每整理起来，常有些许意外，也有些许惊喜。

2017-11-30 于通州

我与"工艺美大"

"工艺美大"是原湖南省工艺美术职工大学的简称,以前,我们一直是这么称呼。尽管湖南省工艺美术职工大学,早在2005年就已更名为湖南省工艺美术职业学院,但是,相沿成习,在我嘴里,还是觉得原来的"工艺美大"更为亲切,也更加顺口。

"工艺美大"的前身,名为益阳市"七二一"工艺美术大学,是1975年益阳市轻化局为了响应国家号召,而成立的一所半工半读的业余美术学校。所谓"七二一",源于毛泽东在1968年7月21日的一段讲话。在当时全国上下都在搞"文化大革命",所有学校均已停课的大背景下,毛泽东针对上海机床厂为工程技术人员举办培

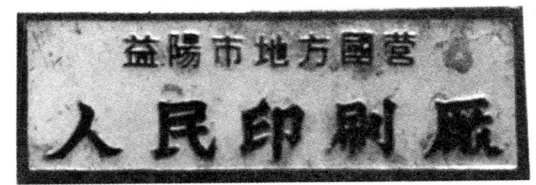

杨卫收藏的益阳市人民印刷厂厂徽

训班的举措,专门发表了"大学还是要办"的指示。这个指示经由1968年7月22日的《人民日报》刊登出来后,便成了某种风向标,迅速席卷大江南北,由此刮起了兴办技术大学的风潮。益阳市"七二

一"工艺美术大学的成立，就是应势而动，顺势而为。它的办学宗旨完全遵照了毛泽东当年培养大学生的两个方针：一个方针是高校毕业生到工厂、农村、部队去参加劳动和军训，当普通劳动者或士兵，接受工农兵再教育；另一个方针是从工人、农民、解放军指战员中选拔学生，到学校学几年后再回到生产实践中去。这即是所谓"工农兵大学"的滥觞，也是后来职工大学的雏形。

益阳市"七二一"工艺美术大学，为益阳市人民印刷厂等26家工厂联办，原校址就选在益阳市人民印刷厂院内，起先只开设了包装装潢专业，主要招收轻化系统有美术专长的在职职工为学生，属于半工半读。办学之初，条件十分简陋，不仅只有印刷厂的一间活动室用于教室，师资力量也相当匮乏，除了胡明勋一人专职负责，郑一呼在从事其他工作之余协助办学以外，别的教师都是临时邀请。不

杨卫的姐姐杨莉(后排右一)在湖南省工艺美术职工大学进修时，与班上老师和同学合影，同班有现为著名服装设计师的金憓(后排左二)

过，益阳市"七二一"工艺美术大学的教学条件虽然有些寒酸，师资力量也严重缺乏，但却都是个顶个的实力派。其中，胡明勋是20世纪60年代初从湖北美术学院毕业的高才生，为益阳美术界的学院派代表；郑一呼则是益阳美术界的名宿，早在20世纪60年代就曾多次参加省市的各种美术大展；而其他兼职教师，如益阳市文化馆的吴锦

星、资江瓷厂的杜炜、益阳市电影院的陈胖年、李敦祥,以及人民印刷厂的高寿荃等等,均都是益阳美术界响当当的扛鼎人物。如此精英荟萃,且都兢兢业业,也就使得益阳市"七二一"大学,成为一个美术人才的集聚中心,远近闻名。正因为如此,当1979年国家宣布停办"七二一"大学以后,益阳市"七二一"工艺美术大学不仅没有关闭,反而在此期

1980年代初,贵体侃老师(前右)、杜炜老师(后中)等人一起游张家界

间被升格为省直单位,以"湖南省工艺美术职工大学"的新招牌,向全省乃至全国招收全日制脱产学生。

1978年,在上级有关部门的督促下,益阳政府专门于风景秀丽的会龙山附近划出一大片土地,交由湖南省工艺美术职工大学兴建新的校舍。于是,"工艺美大"从益阳市人民印刷厂搬出,经在资江瓷厂的短暂过渡,不久,便迁入了益阳会龙山脚下,即学校现在的校址。我与"工艺美大"发生关系,就是从这个时候开始的。因为我们家就住在益阳市的桃花仑,与背靠会龙山的"工艺美大"毗邻,且从小我和姐姐都喜欢画画,所以,"工艺美大"搬到会龙山不久,我便与其瓜葛相连,产生了不可分割的联系。

我记得,大概是1982年前后,姐姐中学毕业后准备报考美术学院,父亲托老友郑一呼先生给她辅导。郑先生尽心竭力,也有求必

应，不仅利用自己的业余时间耐心地辅导我的姐姐，而且还把她推荐到了刚刚建起的"工艺美大"进修，开始更为严格而系统的绘画训练。我与"工艺美大"结缘，就是始于此时。

姐姐到了"工艺美大"之后，父亲很关心她的学习状况，经常会去学校询问，偶尔也把我带上，让我去沐浴那里的艺术气氛，接受美的熏陶。于是，以此为契机，我也就很早便认识了姐姐的一些老师，如贵体侃、杜炜等等。

杜炜老师与贵体侃老师都是"文革"之前广州美术学院毕业的高才生，后陆续分配到益阳工作，工艺美大正式成立后，上面把他们从不同单位相继抽调过来，组建了最初的师资力量。杜炜老师是广东人，带着浓重的粤语腔，跟本地人交流起来略为困难。故而，我与他接触不多，印象也不是太深。大体只知道，杜炜老师参加过多次全国美展，尤其是他20世纪70年代创作的连环画《智捕大鲟鱼》，不仅获得过全国连环画创作的二等奖，而且还被译成英文版向海外发行。因此，杜炜老师名声在外，在当年的湖南美术界，可谓显赫一时。

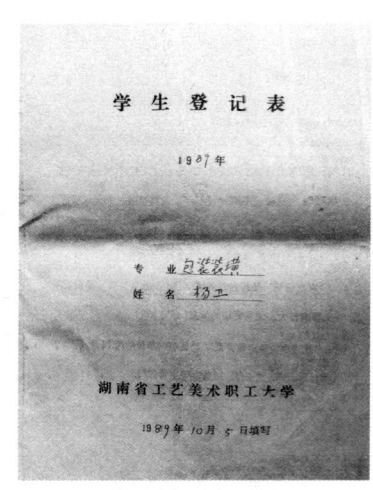

杨卫入湖南省工艺美术职工大学读书的登记表

与杜炜老师相比，学油画出身的贵体侃老师似乎要和蔼、亲切一些，这不仅因为贵体侃老师本身就是湖南常德人，与益阳相邻，说起话来语音近似，更在于贵体侃老师乐观开朗的生活态度，对人对己都很率性，很随意。所以，我和姐姐一直都跟贵体侃老师走得很近。

说起来，我曾经还是贵体侃老师的"入室弟子"，不过，并没有磕头作揖，只是跟着姐姐喊了一声"贵老师"，便大大方方地踏进他的家门，成了贵体侃老师众多学生中的一员。后来，在姐姐离开"工艺美大"不久，我也辍学混上了社会。父母担心我在社会上学坏，便让我跟着姐姐开始画画，我也就随着姐姐一起，归于贵体侃老师门下受业，在他那里取了不少艺术的真经。现在回想起来，我能够获得后来的一些成绩，与当年贵体侃老师等人的教诲不无关系。这也正所谓上行下效。老师就是榜样，言行举止，表情达意，对学生都是一种启迪，一种指引。

贵体侃老师在广州美院读书时，师从于郭绍纲、王肇民等名师，积累了深厚的艺术素养，也打下了坚实的造型基础。因此，他从广州美院毕业分配到益阳工作后，也把这种扎实的学风带进了益阳美术界。事实上，贵体侃老师不仅热衷于美术教育，而且在教学上也有自己的一套方法。他严于律己，宽以待人，从来不会流于枯燥的说教，而是以自己的行为去感染下一代，用自己的创作去影响年轻人。所以，当年在益阳学画的文艺青年，大都喜欢跟贵体侃老师交往，愿意追随他学艺。

说起贵体侃老师的艺术修养与才情，更是有目共睹，尤其是他的素描与水彩画，其造型能力和色彩感觉，可以说都是庸中佼佼，远远超过了当年益阳美术界的平均水平。只可惜，因为"文革"的耽误，后来又受家庭拖累，贵体侃老师没有充分施展自己的艺术才华。说起

2009年,湖南工艺美术职业学院校友会北京分会成立,杨卫(二排左四)与袁庆典老师(二排左二)等师生合影

来,也是一种怀才不遇的遗憾。

我跟贵体侃老师学画,大概始于1984年左右。之后,断断续续一直受教于他,与他保持着校外的师生关系。直到1989年,我在"工艺美大"经过考前进修班的短暂学习之后,如愿以偿地考上了该校,这才正式入门,由贵体侃老师的编外学生,转为编内学生。应该说,这一年,也是我人生的一个转机。因为此前我经历了多次艺考的失败,早已灰心失意,要不是这一年"工艺美大"录取了我,也许,我这辈子就与大学失之交臂,与艺术擦肩而过了。冥冥之中似乎早有天意,她安排我与"工艺美大"结缘,又安排我从工艺美术而走向纯艺术,以至于最后成为艺术批评家。

我在"工艺美大"学习的专业,原本是美术装潢与广告设计。但因为起初跟贵体侃老师等人学过油画,所以,我一直还是对纯艺术情有独钟。在"工艺美大"读书的那几年,我曾在校外租了一间工作室,并坚持在课余时间进行油画创作。有些老师不太理解,认为我这是不务正业,但是,也有老师对我表示了极大的支持,这其中就有袁庆典老师。

袁庆典老师是湖南师范大学美术系毕业的高才生,1985年分配来"工艺美大"任教,是当时"工艺美大"的中坚力量。他很早就有油画作品参加全国美展,其造型能力与绘画才情,在湖南美术界也是屈指可数。我跟袁庆典老师最初相识,便一见如故,或许,这是因为我们都比较迷恋于纯艺术,有着某种共同语言。所以,在校读书期间,我与袁庆典老师的关系最为密切,师生友谊一直保持到现在。

其实,我最早创作的一批油画,就曾受到过袁庆典老师的影响。尤其是他在画面中惯用的褐色调子,冷漠而凝重,深邃而神秘,透着一种挥之不去的忧郁和哀愁,与我青春期的心境不谋而合。所以,我的第一批油画创作,也采用了大量的褐色背景,只不过在表现方式上,更加倾向于"超现实主义",有种空中楼阁孤悬天地间的意味。也许,这还是因为少年的青春烦恼所致吧。毕竟那时候的我,还只是个稚嫩的学生,涉世不深,不可能真正触及现实背后所隐藏的那些痛苦与伤痕,也就只能是"为赋新词强说愁"了。不过,尽管那时候的我,缺乏一定的深度,难以真正表现出艺术的深刻性,但是,这种对深刻的向往和追求,却塑造了我的人生路,为我后来转入艺

1989年杨卫创作的第一幅油画作品《失落的黄昏》

批评做了最初的人文铺垫。

我在"工艺美大"读书时，为我做过这种人文铺垫的老师还有很多，其中，吴国欣、李敦祥等老师都是我的任课老师，曾经直接感染和

湖南工艺美术职工大学1991届包装装潢班大部分同学合影，因那时杨卫常不在学校，故而缺席

影响过我。李敦祥老师也是我在益阳较早认识的一位美术老师，早在1984年，我在益阳市文化馆开办的美术培训班学画时，李敦祥老师就曾教过我，所以，我对他的为人和做派，都比较了解；对他的教学方法与艺术风格，也颇为熟悉。

李敦祥老师原是益阳市电影院的宣传员，虽然没有读过大学，但凭借自己的勤奋和刻苦钻研，自学成才，取得了丰硕的艺术成果。"工艺美大"成立之后，学校将其从电影院抽调过来，就是看上了李敦祥老师屡次参加省内外画展的诸多成就。李敦祥老师虽然没有学院派背景，但却恪守着学院派的某些作风，不仅为人严肃，中规中矩，不苟言笑；绘画风格也是一板一眼，老老实实，完全遵照现实主义的创作原则。

李敦祥老师的这种循规蹈矩，常给人一种古板、拘泥和保守的印象，不免令学生们感到无趣。然而，事隔多年以后回头再看，他却成为某种理性的力量，让我学会了严于律己和自我规范。

相比而言，吴国欣老师却要灵性很多，无论是在生活上，还是在教学上，他都较为开放、较为活泼，或许，因为他是上海人的缘故，又曾在中央工艺美术学院深造，眼界不同，思维也不同。所以，吴国欣老师总是能够从容地面对教学，于轻松愉悦的环境中，给我们灌输一些新知识、新观念。

在我读书那会儿，吴国欣老师已是"工艺美大"的副校长，主抓全校的教学任务，但是他却丝毫没有校长的架子，总是能够跟师生们打成一片，不仅课后常和大家一起参加运动，如打篮球、跑步等等；课堂上他也愿意跟学生们一起讨论问题，一起动手画画，参与制作。吴国欣老师的这种民主做派，或许是受了现代教育观念的影响，或许是源于他的自信，总之，在他担任"工艺美大"的副校长期间，"工艺美大"的校风，可谓耳目一新。

其实，吴国欣老师也是"工艺美大"毕业的，不过高了我许多届。他是"工艺美大"从"七二一"工艺美术大学转型之后所培养出来的第一届毕业生。作为当年从上海下放到湖南农村的知识青年，吴国欣老师常说是"工艺美大"改变了他的命运，因此，他视益阳为自己的第二故乡，视"工艺美大"为自己的家，分外珍惜，也格外投入。

我记得，吴国欣老师当时是兼任我们的广告设计课老师，为了能使我们了解外面的世界，获得更多的视觉经验，他曾收集了世界各地许多经典的广告镜头，然后将其编辑成录像，一部一部地拿给我们看，一次一次地为我们讲解。我后来的思想观念与创新意识被打开，有许多方面是得益于吴国欣老师当年的启迪。虽然我后来没有从事设计工作，而是走上了纯艺术的创作之路，再后来又转入到了艺术批评与策划，但是，广告设计中的那些创意思维，却激发了我的想象力，给了我无穷的创作动力与思想源泉……

我在"工艺美大"读了两年多书，虽然成绩平平，但收获却不少：一方面，我从这些老师身上不仅收获了知识，也收获了许多做人做事的道理；另一方面，我利用课余时间创作了近三十幅油画作品，这为我后来实现艺术家的梦想铺垫了基础。1991年春，临近毕业前夕，经北京的画友引荐和介绍，我带着自己在校期间创作的这些油画作品闯入北京，在北京艺术博物馆举办了一次个人画展。这是我将自己的作品首次公开亮相，本来，只是检验一下自己的创作能力，顺便跟北京的观众做个交流，不想，展览却获得了意想不到的成功，不仅赢得了普通观众的赞誉，也得到了不少业内人士的认同。1991年5月，《北京晚报》《人民邮电》报等一系列首都的重要媒体，都纷纷对我的展览给予了报道；而我家乡的益阳电视台更是在展览后不久，为我拍摄了新闻专题片在黄金时段播出……

初出茅庐便技惊四座，这让我禁不住有些春风得意，以至于把当年要搞的毕业创作，也都置之脑后了。

说到这里，我还是要感谢吴国欣老师，如果不是他在当时鼎力支持我，把我在北京办个展的成果，算作毕业创作与学习成绩，也许，我到今天都还没有拿到"工艺美大"的毕业证。说起来，这也是"工艺美大"在教学理念上的成功之处，与许多学院的僵化教育不同，"工艺美大"因为是职工大学的底子，从半工半读的业余美术大学转型过来。所以，一开始的教学方针，就带有某种开放性与随机性，特别鼓励学生多方面探索，多方面尝试，也支持学生们朝往不同的人生和创作方向发展。我想，工艺美大之所以人才辈出，先后培养出了诸如吴国欣、黄建成、黄炯青、金憘等等这样一大批设计界的翘楚，究其原因，可能就在于教学方式的灵活多变与因材施教吧。

1991年夏，我拿到毕业证，顺利地从湖南工艺美大毕业。之后，便离开家乡益阳，辗转天涯，到了北京发展。弹指一挥间，一晃二十多年过去了。这二十多年，我参与和推动了许多重要的艺术事件，也完成了从艺术家到艺术批评家和策展人的身份蜕变……回首这一路的跌宕起伏，我之所以能够不断地打破自我，走出人生的一次次新境，应该说，还是得益于当年在工艺美大的人文积淀。尽管在此之后，我又读了吉林艺术学院的研究生，但在我心底，湖南工艺美大仍然是我的母校，是我生命中"灵根育孕源流出"的文化福祉。

1991年4月，杨卫首次来北京举办个人画展，这是杨卫在北京艺术博物馆的广告牌前留影

2010-8-18 于通州
2018-1-27 改于通州

我的初恋

如果要问一个人一生之中,有哪些刻骨铭心的事,大概初恋,应该是首屈一指的吧。因为情窦初开,就好比万物苏醒,带给人的新奇与震撼,实在是太大了。初恋尽管很含蓄,很单纯,但却包含着无穷的想象,其浪漫的程度,甚至可以让整个世界都为之倾倒,为之异彩纷呈。所谓"月移云影动,疑是玉人来"。这种挥之不去的牵挂,几乎是所有初恋中人,都曾有过的幻影。虽然,结果往往都不尽如人意,多半是竹篮打水一场空,可那春心荡漾的打捞过程,却沉淀于心,以至于多年以后回忆起来,仍会觉得像是吃了什么甜东西。

1980年代的文艺女生,益阳市第一职业中学幼师班同学酷似这些女生,照片由杨卫收藏

我的初恋，发生在20世纪80年代。那时候，不像今天这么信息发达，也没有今天这么思想解放。虽然社会已经逐步解冻，告别了"文革"的"阶级斗争为纲"，但就整体而言，仍然比较保守、滞后。爱情——一个最让人怦然心动的词汇，在那个年代，还是有些遮遮掩掩，羞于启齿，尤其是被学校老师和家长们拒之门外。我最早沐浴"春风"，隐约地感觉到男女之间的情爱，还是在门户再度开放以后，通过一系列引进的外国电影。

说到电影，可以说是我们这一代人的启蒙工具。在过去那个物资贫瘠、信息闭塞的年代，中国人的生活非常单调，电影几乎成了唯一的娱乐方式，其重要性往往牵扯着最高权力的神经。"文革"期间，江青等中央"文革"的领导者，就曾亲自审查过若干影片。如此严防死守，滴水不漏，在"无产阶级专政"的大背景下，一切带有风花雪月的小资情调，都被赶尽杀绝，无任何藏身之地。所以，儿时的我，没有接触过任何爱情题材的电影。那时，满目萧瑟，眼睛所能看到的一切，几乎都是造反与革命。电影也是一样，只有八个"样板戏"轮番播放，余下也只有一些战争电影，如《地道战》《地雷战》《鸡毛信》《小兵张嘎》等等。即便是从外国进口的大片，也概莫能外，不是革命，就是战争，而且仅限于苏联、朝鲜、越南和罗马尼亚等少数几个国家，数量也十分有限。如此单一而又单调地循环反复，使我们这些少不更事的孩子们，对当时的许多电影，都烂熟于胸，甚至可以倒背如流。

在我儿时看过的电影中，最令我心绪荡漾的，是故事片《海霞》。或许，这是因为女性题材的缘故，尽管该片也是反映阶级斗争,但在残酷的斗争现实中,女主人公海霞的天生丽质,却让我感受到了一丝温馨。此外,还有一部拍成电影的芭蕾舞剧《沂蒙颂》,其中女主角给受伤的解放军,用水壶喂奶的镜头,也曾令我春情萌动,久久回味。不过,这些都是朦胧的意识,属于弗洛伊德说的"性蕾期"。我真正意识到两性关系,感受到男女之情,还是"文革"彻底结束,即1978年以后。此时的社会风气,开始骤然逆转,最初的变化,就是从引进的外国电影开始,不再是千篇一律的革命题材了,也不再局限于原来的那几个国家,而是更大范围地向世界开放:先是从印度、香港等周边地区输入;随后,欧美、日本等国家的大片,也接踵而来。这些外国电影犹如头脑风暴,带来一场视觉革命的同时,也彻底刷新了中国人的意识形态。

我现在还记得,当年有一部名叫《流浪者》的印度电影,在我内心引起的震荡,简直可以用天摇地动来形容。该片讲述的是一个流浪者和贵族女孩之间的爱情故事,在批判等级社会的同时,也讴歌了纯洁的爱情。其中有个男主人公拉兹和女主角丽达激情拥抱的镜头,但是,走进帐篷后,却戛然而止了。大孩子们告诉我,这是被国内剪辑了。于是,为了看到更为完整的版本,我曾追随于流动的电影放映队四处寻觅。自然,剪辑部分还是没有看到。不过,一种强烈的好奇心,却被激发了出来,使我从此以后对爱情有了一种莫名的神往。

正是受大量外国电影的刺激和催化,不久,国产电影也悄然地发生了变化。首先,是在原来革命题材的影片中,融入一些爱情的内容;后来,胆子越来越大,不仅电影音乐变了,电影故事也变了,开始明目张胆地抒发爱情,表现男欢女爱了。我还记得,当年有一部很热门的国产电影,名字叫《甜蜜的事业》,里面有一个片段,是男女主人公在野外嬉戏和追逐的镜头，配着极具动感的电声音乐，引人遐想，不由得也随之蠢蠢欲动起来……

我的感情因子，就是这样被生成的，是由于这些浪漫的爱情电影，激发了我的幻想和冲动，以至于令我一度沉迷于其中，常常因为看电影而逃学，甚至夜不归家。我的父母意识到我即将步入危险的青春期，深感世风日下，很担心我的成长，受到这些"不良风气"的浸染。所以，很长一段时间，都阻止我再去看电影。我被父母严加约束，无奈之下，只好闷在家里，借着家里的藏书消磨时间。

可是，书中自有颜如玉，什么样的心绪，就能够读出什么样的意思。对于早已心绪放飞的我，从各种各样的世界名著中读出来的，似乎还是那两个令人神往的字眼——爱情。这两个字，如同影子一样，踩着我的心绪，追着我的梦境，使我每每合上眼睛，都会不由自主地想起德国诗人歌德说过的那句话："哪个男子不钟情，哪个少女不怀春。"看来，情感的阀门一旦打开，再想关闭，就不太可能了。恋爱，对于少年倾情的我，已急如星火，势在必行。

1982年，我终于熬到小学毕业，顺利地步入了初中阶段。我最早就读的那所中学——湖南益阳市大渡口初级中学，是刚刚由小学改制而成，集中了不少其他学校刷下来的劣等生。因此，学校风气不怎么好，早恋现象时有发生。而在我们班，我又遇到了一个比我更早熟的同学贾琼湘，受他的诱发，我更是早早地知道了一些男女之情。我最早懵懵懂懂地喜欢上一个女孩，便是通过贾琼湘的介绍，对方是他母亲单位——益阳地区招待所的家属。因为时间久远，且交往过短，我现在竟然忘了对方的名字，说来，也是惭愧。不过，虽然她的名字，我已经记不得了,但她的样子,我却记忆犹新。我记得,她是短发,绰约多姿,活泼可爱,笑起来还有点像山口百惠,不过,比山口百惠更加干练。对了,她是益阳市第六中学的体育运动员。

因为她喜欢运动,所以,我便找了一个一起锻炼的借口接近于她。其实,我和她并未交好,只是一起结伴晨跑了几次而已。唯有一次约她到当时新落成的益阳剧院看电影,想借此表白爱慕之情,却被我的父亲发现,从而棒打鸳鸯,将我们这对有早恋倾向的少男少女,给强行打散了。此后,我们断了联系,再也没有获悉她的音信。不过,我还能记得那天和她一起看过的电影,名字叫《一盘没有下完的棋》,真是一个带有谶语色彩的名字,仿佛预示了我后来的人生。

我第一次产生爱的萌动,就这样无果而终,被我父亲扼杀在了摇篮里。此后,我收敛了一段,但没过多久,又对我们隔壁班的一个女孩,动了非分之想。她的名字叫秀秀,也是短发,气质跟先前那个女孩有点接近,只是在形象上,更显温柔一些。我不知道,少年时我喜欢短发的女孩,是不是跟最初的遇见有关?但我知道,爱也是一种模式,往往定格之后,就容易不断重复,从哪里失去的,总希望在哪里拾起。

其实,我跟秀秀也并无任何瓜葛,纯属我暗恋于她。不过,这种暗恋状态,却让我铭心刻骨。因为我确实一度为她心神不宁,茶饭不思。我现在还记得,我们在大渡口中学同窗的那些岁月,因为是隔壁,出出进进,总能碰面。而每次碰面,双目相视,我都会感觉到腮帮有些莫名其妙地发烫。后来,我听到刘文正演唱的歌曲《童年》,里面有一段唱词,是对隔壁班女孩的憧憬,其情形与我当初极为相似。不过,我只是给隔壁班的秀秀递过一次纸条,不曾为她唱过任何歌曲,甚至连一句话都没有说过,便擦肩而过了。

心理学中谈到一种病,名曰"单相思",也就是一厢情愿的恋爱方式。我不知道,当年我是否就是"单相思"?但在大渡口中学读书期间,这个隔壁班的秀秀,的确在好长一段时间让我辗转反侧,寤寐求之,而又求之不得。也许,我当初的学习成绩一落千丈,跟这种失落心情,也有很大关系吧。惶惶不安,心神不宁,又怎能把学习搞好呢?不过,我并不后悔,不后悔的原因,在于这次错过,反倒成了一个契机,让我失之东隅,却又收之桑榆。由于我的学习成绩不好,很早便从大渡口中学退学,辗转一圈之后,去了益阳市第一职业中学读书。正是在那里,受其"不良"校风的影响,我有了人生的第一次恋爱经验。

我所就读的益阳市第一职业中学,是益阳市唯一的一所职业中学。那是为了顺应当时的就业需要,由原益阳市第四中学改制而成的中学,专门招收学习成绩不太好,却又有着某种专业特长的学生。我因为自幼喜爱画画,故而,报考了职业中学的美术班。这所中学除美术班之外,还有幼师班和财会班。其中,幼师班为清一色的女生,几乎囊括了我们全市这个年龄段的文艺少女,均都多才多艺,姗姗可爱。那时候,在益阳街上流传过一个说法,只有找了幼师班的女生做女朋友,才是风光无限,才算混出

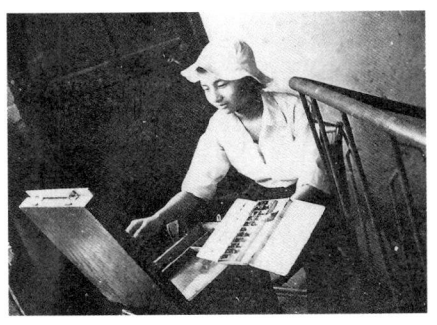

杨卫初学画时

了名堂。可见,当初我们那个幼师班,其光彩照人的程度,早已是众目具瞻。只是我一直搞不清楚,不知道是学校的特意安排,还是纯属巧合,要将幼师班和我们美术班放在同一个楼道里做邻居,从而使我每天都能看到这群活泼可爱的小女生,与碧月为伍,与骄阳相伴。也许,这就是所谓的缘分吧。冥冥之中自有天意,该迷失的会迷失,该相遇的总会相遇。

我与肖肖最初相遇,是在学校的大门口。那天,她推着一辆自行车,从校门外往里进,刚好,碰到我匆匆忙忙往外跑。我们俩迎面相撞,她的自行车,差点把我绊倒。原本美丽端庄的肖肖,遇此情形,显得有些惊慌失措,连声向我道歉,脸上泛起一丝愧怍的微笑。那羞赧的神情,就像是一个乖乖女,不慎做了错事,羞愧俯伏,让人不禁从心底涌出一股怜爱之情。两个人对上眼,有时候就是这样,需要一种不期而遇的碰撞。

杨卫收藏的益阳第一桥照片,当年杨卫上学每天都要穿行此桥

自打那次在校门口,我和肖肖相撞之后,我们俩就算是认识了。后来,我还专门向她的几个同学,打听过肖肖的情况。从她同学那里得知了她的名字,也知道了她尚未谈男朋友,这让我吃了一颗定心丸,于是,对于肖肖,便开始一往而深。说来也是心有灵犀,就在我向肖肖的同学打听她时,我隐约地感觉到,肖肖好像也在向她的同学们了解我。因为自打那以后,每次再遇到肖肖和她同学在一起时,她

的那些女同学,都会看看我,瞧瞧她,然后捂着嘴,扑哧一声,笑起来。我当然知道,这一笑,意味着什么,意味着肖肖在私下里,肯定跟她的同学们说起过我。这表明肖肖对我,也是有心的;而她班上的那些女同学们,也似乎早就把我和肖肖联系在了一起。

我与肖肖近距离相处,还记得,是在学校组织的一次集体看电影的活动中。那是一个周末,学校让每个班的班干部自己组织,发完电影票之后,就不管下文了。这让我们这些早恋学生,终于找到了可乘之机。于是,票一到手,大家便纷纷开始调起座位来。我被调到肖肖身边,说起来,还是她们班集体拿的主意。看来,我想和肖肖交好,已经得到了她们班的集体认可。学生时期的恋爱,常常就是这样,同学的主意很重要,往往胜过自己的主见。那天,我们看的是什么电影,我已经记不得了,只记得我和肖肖坐在一块时的心情,可以用心花怒放来形容。我还记得,那次电影结束之后,天色已暗,随着人流的散却,街上骤然肃静,我和肖肖在夜幕下牵手,能听到彼此的心跳……

那是我第一次零距离接近异性,其喜悦而又紧张的心情,可想而知。我现在都很难找到一个词语,来形容我和肖肖最初的牵手。总之,是兴奋不已,但又有些不知所措。后来,我送肖肖回家,走过了资江堤岸,也走过了益阳大桥,一路之上,我们聊了很多很多。肖肖告诉我,她喜欢台湾女作家三毛,也喜欢台湾诗人席慕蓉,聊到动情之处,她还忍不住给我念了一首席慕蓉的诗《一棵开花的树》:

> 如何让你遇见我,
> 在我最美丽的时刻。

为这，我已在佛前求了五百年。

求佛让我们结一段尘缘

……

"此情可待成追忆，只是当时已惘然。"这是当年李商隐的叹惋，也是我现在的嗟叹。因为过去的一切，都已成为如烟的往事，云消雾散了。我和肖肖终于还是没有履行当初的秦晋之约，交好一生，只留下一段青涩的回忆，伴着少年时期的烦恼，不时地浮现于梦中，浮现在那一次一次的放学路上……

到底是什么原因，让肖肖跟我分手的？我脑子里一片空白，怎么也想不起来，只记得1986年初的寒假过后，益阳市第一职业中学便迁往了新校址。而我，则自此离开该校，再也没去上课。

关于我从一职中退学，有诸多原因，但其中的一个主要原因，就是因为肖肖。或许，我和肖肖注定了只是一段尘缘吧，今生今世，我们只能牵一牵手。不过，回想起来，这也很美，美就美在，那是在我们最美丽的年华；美就美在，我们牵过彼此最温暖的手。毕竟只是懵懂的初恋，一开始就能缘定终身，很难。正因为难，所以，今天我才有了百转千回的感慨。或许，这就是"美丽总是愁人"的道理吧。

杨卫在益阳市第一职业中学读书期间

我常想,经过时间的淘洗,许多旧的记忆,肯定都会被新的记忆所覆盖。但是,初恋却很难,因为它是情感开启的第一课,绝不会随着后来的课程升级,而像黑板上的粉末那样,在时光流逝中,那么随随便便轻易地落下。

2011-4-27 于通州

2017-12-7 改于通州

一本书的缘分

人是关系的动物,在现实生活中,不可能摆脱与周围的联系,孤零零地自我存在。而诸多关系的建立,往往需要缘分,包括人与人的关系,人与物的关系,以及人与时代的关系等等,都非偶然,而是气场的应和,命定的相遇。

我因为喜欢收藏老物件,常在四处淘一些自己感兴趣的旧物,比如旧书、旧文献、旧信札,以及旧时的日常用品等等,所以,对这种"踏破铁鞋无觅处,得来全不费工夫"的缘分,感受特别强烈。常常,当我心仪的东西,骤然间从某个卖家手里应声而出时,我都会惊喜不已,以至于开始怀疑,到底是它在找我,还是我在找它?总之,这是一种奇妙的体验,就像两个相爱的人一见钟情,感觉不是今生的撞见,而是前世的约定。

前阵子,我又经历了这样一次意外的惊喜。本来,只是闲来无事,上网去我经常买旧物的网店逛逛,不想,突然有一本旧书映入我眼帘,犹如吸铁石,把我紧紧地吸住了。这是一本蓝色封面的图册,书名为繁体字,写着《益阳专区第一届美术展览汇编》。益阳,多么悦耳的名字，这可是我的家乡呀！看到这个名字，我便油然而生一种亲切感；而"专区"这个概念，却是很久以前的称谓。凭此概念，再加上繁体字，足可证明，这是一本有年头的老书。于是，我马上联系卖家，让他发来该书的内文图片。不发不知道，一发吓一跳，这本书不仅是我家乡益阳的早期美术文献，而且原书的拥有者，还是我的授业老师，与我有教诲之恩。当我看到该书的扉页上，赫然写着"李敦祥同志惠存"，落款为

《益阳专区第一届美术展览汇编》封面

"湖南省益阳专区群众艺术馆赠"的字样，以及加盖有益阳专区群艺馆的大红印时，不禁喜出望外，想起了李老师，也想起了益阳的许多旧事……

这本书印制于1963年，是1962年益阳恢复专区以来，第一次举办全区美术展览的作品汇集。益阳自秦置县，至汉立名，沿袭两千多年，虽历经社会兴衰，朝代更替，但城市名称一直没变。1949年，湖南结束国民政府的统治，新政权在益阳设立专区，辖益阳、安化、湘乡、宁乡、沅江、汉寿等多县；1952年11月，益阳专区的建置撤销，大部分县市划归为常德专区；1962年12月，益阳重新恢复专区建置……由此看来，这本印制于1963年的《益阳专区第一届美术展览汇编》，是益阳回归于自我，重新设立专区以来，对区内艺术生态的一次摸底，也是对全区美术成就的一次检阅。

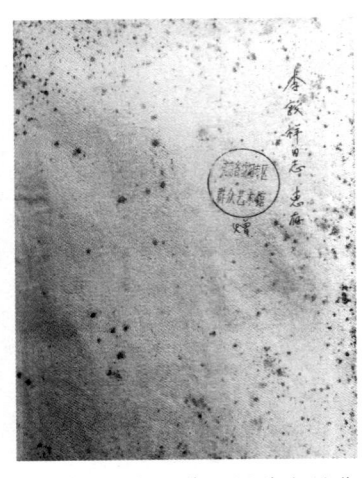

《益阳专区第一届美术展览汇编》首页留言

事实上,我虽出生于益阳,并在那里接受美的熏陶,开始学画,走上艺术之路,但却并不了解益阳的美术历史。因为我生在"文革"中,待我学画时,已是20世纪80年代初了。那时,经历了"拨乱反正"之后,全社会正在向着现代化大踏步前进,呈现出一种欣欣向荣的景象,对于过去的历史,根本没时间,也没精力去回望。所以,我对益阳的美术发展,其来龙去脉,只是知道一点只言片语;而对其起承转合的复杂关系,却是两眼一抹黑,不知其详。那时,我们家给我订阅了《美术》《世界美术》等艺术类杂志,我正着迷于其中的新思想、新思潮,对由此带来的视觉变化,充满了好奇的心理与追逐的热情。至于沉淀于益阳的那些往事,根本就无兴趣,也无暇去顾及。

1984年,我辍学在家,父母怕我因此而流向社会,坠落成"街痞子",开始敦促我学画,不仅带我拜了益阳美术界的名家、后担任过益阳美协主席的廖正华为师,而且还给我在益阳市文化馆开办的美术培训班报了名,希望借此为我营造一个更好的学习环境。我就是在美术培训班学习的时候,认识李敦祥老师的。

李老师敦厚朴实、作风严谨,喜欢着中山装,总是一丝不苟,给人一种中规中矩的印象。他教素描课,言辞不多,但很实在,总是以身作则,从头到尾带着我们一起画画,给我们做示范。说实话,当年我并不怎么喜欢李老师，因为他那严眉肃目的表情，常给我一种压抑感。所以，除了看他画画，从他的绘画过程中，学取一些处理画面的经验，其余时间，我跟李老师的交流并不多。不过，多年后，回想起来，我却能感受到李老师身上的那股力量，尤其是他画画时的专注神情，让我明白了投入多少、收获多少的道理。也许这就是一种率先垂范吧！

说来也巧，我跟李敦祥老师的缘分，还远不止美术培训班。1989年初，我在益阳地区邮电局工作近两年后，厌倦了年复一年、日复一日的单调工作节奏，决定重新拾起自己的美术爱好，辞去这份工作，转到湖南工艺美术职工大学进修。半年后，我又如愿以偿地考取了该校的美术装潢专业，而李敦祥老师，正是我们班的任课老师。这使我和李老师分别几年后，又有了再续前缘的机会。虽然已有好几年不见，但李老师依然如故，还是那样正襟危坐，不苟言笑，喜欢穿中山装，一如既往地系着风纪扣，除了双鬓间添了几缕银丝，其他一律没变。不过，正是他那略显老态的神情，使我产生了某种伤感：光阴易逝，岂容我待。我在读书期间，跑到学校外面租房子，玩命地画画，以至于在短短两年时间里，创作了数十幅油画作品。如果追溯这个动力，或许，正是敏感到了时光流逝的紧迫性。

李敦祥老师尽管自己不善变通，严于律己，但对学生却较为宽容，不太干涉我们的自由，也给我们充分的探索空间。我能够在课堂上尝试一些新的表现风格，并经常溜到校外搞创作，要感谢李老师的宽以待人。其实，我当年在校学画，受李老师的影响并不多，而是常与现任益阳美协主席、当时还是青年教师的袁庆典打得火热，从他那里取了不少真经。在我当时看来，李老师的绘画风格，似乎有些陈旧,太墨守成规了。他率由旧章,坚守的"苏派"风格,以及写实造型,在倡导新风的20世纪80年代,显得因循守旧,与时代有些格格不入。所以,我一直避免受到李老师的影响。我总以为,我和李老师是两代人,存在着巨大的鸿沟,他们那代人受泛政治化教育的影响,可能注定了循规蹈矩,固执拘泥。然而,淘到这本《益阳专区第一届美术展览汇编》,却打破了我的成见。

在这本《益阳专区第一届美术展览汇编》中,收录了李敦祥老师的早期油画作品《新教师》。那是一种完全不同于他后期作品的轻松风格、率性、洒脱,画面洋溢着韵律的流动,描绘对象与笔触相得益彰,带有某些表现主义色彩与印象派绘画的特征。原来,人是环境的动物,没有一成不变,只有逆水行舟与顺势而为。对于李敦祥老师而言,也曾经年轻过、热血沸腾过。这是我读到这本"汇集"后,收获的一些认识。

此外,这本"汇集"里,还收录了许多我耳熟能详的名字和他们的绘画作品。比如郑一呼,就与我的成长记忆相伴随,几乎融入了我的生命意识中。郑先生是益阳文艺界的名流,土生土长的益阳市人。据说,他父亲原是益阳的大资本家,1949年后,成了剥削阶级被打倒。因此,有着良好艺术素养的郑一呼,也受到牵连,被取消了考大学的资格。这似乎造成了他的终生缺憾,故而,也催其奋进,靠自学而成才,一度成了益阳美术界的翘楚。《益阳专区第一届美术展览汇编》里,就收录了郑先生的连环画《及时雨》。此作品摘取了该展的桂冠,获得唯一的一等奖,可见,郑一呼先生的绘画实力。

说起郑一呼先生,与我家还颇有些渊源。他夫人的妹妹,跟我母亲是闺密,加之我父亲从事写作,也在益阳文艺界与郑先生有些交集,故而,我们两家素有往来。20世纪70年代末,我姐姐开始学画,父母就曾把她托付给郑先生,所以,他也是我姐姐的美术启蒙老师。1985年,我到益阳市第一职业中学美术班读书,郑一呼先生的儿子郑小蛮,与我是同班;1989年,我考取湖南"工艺美大",郑一呼先生的女儿郑薇,又和我是同学;而当我刚从湖南"工艺美大"毕业,郑一呼先生就调入该校,成为掌门人,当了多年的校长……诸如此类,好像冥冥之中自有天意,把我们两家联系在了一起。

郑一呼先生多才多艺,早年在益阳湘剧院工作,画过不少电影海报;后来,调到益阳床单厂任厂长和总设计师,又做过许多床单设计;再后来,担任湖南工艺美术职工大学的校长,从事行政工作之余,笔耕不辍,坚持创作,出了不少优秀的绘画作品。可以说,郑先生涉足的美术领域非常之宽,美术创作、美术设计、美术教育,他都曾涉猎,并取得了较高的成就。单就美术创作而言,他也是多元并举,油画、水墨、水粉、水彩、素描等等,样样精通,尤其是连环画,郑先生运用自己的速写功夫,以线造型,动静分明,虚实相生,极具神采,展示了超高的绘画技能。可惜,郑一呼先生因为出身问题,而与学院背景失之交臂,使其失去了接受系统训练的机会;再加上其发散性用力,在绘画上各路出击,没能集中提炼出某些造型要素,来形成自己的风格特征。所以,他始终是一位泛美术的大家,而未能立一家之言,成一代新风。说起这些,不免有点遗憾。

《益阳专区第一届美术展览汇编》里面,还收录了一位我较为熟悉的人物,他就是画家兼及美术理论的王菊生先生。王先生也是我父亲很早以前的朋友,虽然待我学画时,他早就调到长沙工作去了,我

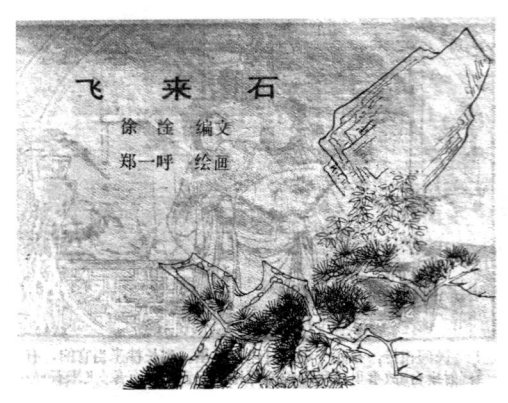

1980年代初,郑一呼画的连环画《飞来石》

并未见过其人,但却常听我父亲说起。他的名字对于我,可谓如雷贯耳。王先生是益阳少有的美术理论家,早在20世纪80年代初,就曾在《美术》杂志上发表过文章。那时,美术类的专业杂志不多,而《美术》又是最权威的杂志,全国的美术工作者与爱好者,几乎都会关注它的动向。所以,能够在那上面发表文章,无异于万众瞩目。而像王菊生的名字,还不止一次地出现在该杂志上,这让我很早就对他刮目相看,崇拜有加。数年后,我从美术创作转向艺术批评,不知道有没有受过王先生的一些影响,但有一点可以肯定,我少时接触各种各样的文艺杂志,看过其中的不少文艺争鸣,应该说,正是促成我勤于思考的一个源头。

大概是因为王菊生先生从事理论工作,长期与文字打交道,所以,喜欢"爬格子"的父亲,早年间和他有过不少往来交集。这也是一种志趣相投吧。不过,对于从没见过王先生的我,一直以为他只是一位美术理论家,不想,却在"汇集"里看到了20世纪60年代初,他画的年画《新队长的决心》。原来,王菊生先生不仅写文章,而且还搞创作,是一位优秀的画家。这让我对益阳的美术历史,又补充了一课。

我继续在《益阳专区第一届美术展览汇编》里翻找熟人,还能找到胡明勋先生。他也是益阳美术界的前辈，我母校湖南"工艺美大"的前身——湖南益阳"七二一"工艺美术大学的创办者之一。20世纪80年代初，我姐姐尚未考取大学之前，曾在该校进修，胡先生教过她。故而，他是我姐姐的老师，我最早知道胡明勋的名字，就是在那时候。不过，待我考进这所学校时，胡先生已经退休。所以，我虽然知道胡明勋，但对他了解并不多。大体只知道，他是20世纪60年代从湖北美术学院毕业，分配回家乡工作的，是益阳为数不多的学院派。

应该说，在胡明勋等人之前，益阳美术界的学院派很少。尽管民国时期，创办南京美术专科学校的高希舜，是益阳桃江人，且带出了他的知名学生——益阳籍画家莫立唐等等，但他们后来均没有在益阳生活，对益阳本土的艺术发展，其影响力和推动作用并不明显。所以，1949年以后，益阳美术事业的起步，不是靠这些正规的学院力量，而是源于广大的美术爱好者。这个情况，也可以从这本"汇集"中看出端倪。里面收集的参展作者，大都是业余画家，来自社会基层，以自学成才为主。因此，整个展览的水平，也有些参差不齐，有的成熟，有的稚嫩，真可谓鱼龙混杂。其中，较为专业的作者，有周石民、郦松臣、杨石世、钟渭林等人，尤其是周石民，画风老

1980年代初湖南工艺美术职工大学部分师生合影，前排右三为李敦祥老师、右四为贵体侃老师、左一为杜炜老师

辣，笔力苍劲，已经形成了自己的面貌。据说，他还是王菊生等人的老师，在益阳培养过许多美术人才。不过，我没见过这位益阳美术界的名宿，对他没有形象认识，只能靠道听途说了。

我还从老辈那里听说过，益阳美术的繁荣，正是始于20世纪60年代，也就是从益阳专区举办这次美术展览之后。这主要得益于地方政府的重视，举办展览，组织创作，都是对益阳美术发展的推动与支持；其次，益阳有着广大的美术从业者与爱好者，他们彼此交集，相互学习，丰富了当地的美术生态，促进了各自的进步；而更为重要的，还是20世纪60年代以后，不少外地艺术院校的美术生，毕业分配到益阳工作，为益阳美术界注入了创新的活力，提升了学术形象，比如从广州美术学院分配来的贵体侃、杜炜，从湖南师范大学分配来的张月明等等。他们陆续来到益阳，对益阳美术界的专业介入，无疑带来了更为严谨、正规的学院气息。我少时学画，从最基础的素描开始，就是以广州美院的郭绍纲的素描为摹本。这当然受益于他的"广美"学生——贵体侃老师的引导与推荐。

杨卫收藏的杜炜老师的连环画《智捕大鲟鱼》，中英文1974年版

贵体侃是湖南常德人，1961年从广州美术学院油画系毕业，分配到当时还被常德专署管辖的益阳市工作。1962年12月，益阳从常德专署分离出来，恢复专区建置，贵老师也就因此而留下来，成了常德

籍的益阳人。贵老师以前也在工厂待过,湖南"工艺美大"成立后,他便调入该校任教,直至退休。因此,他既是我姐的老师,也是我的老师。贵老师个子不高,平易近人,和蔼可亲。所以,很受学生们欢迎;而贵老师,也很爱护自己的学生,乐于施教。他在益阳的学生,不仅只是限于学校内部,也遍布学校外的街头巷尾,当年,益阳走出去的美术考生,有不少人都得到过他的指点。我刚学画时,就被姐姐带着,一起在贵老师门下受业;后来,我成为湖南"工艺美大"的正式学生,贵老师仍然带我们的专业。所以,他教我的时间最长,对我的艺术人生,产生了至关重要的影响。

贵老师是广州美院的高才生,绘画感觉好,造型能力强。他的人物素描,还有人物油画,都堪称范画,结构饱满,层次丰富,具有典型的学院特征。那时候,我们常借他的作品出来临摹,往往一张画,会由一传十、十传百,到最后都是不知去向。而贵老师也从不追究,大有"千金散尽还复来"的气度,末了,有好的作品,还会照样让我们"借"走。这就是贵老师的为人,慷慨、乐观、豁达,不拘形迹。因此,他们家常常是门庭若市,穿梭着各种不同求教者的身影,再加上家里孩子多,挤在一起,几乎没有落脚之地。贵老师的作品产量不多,跟他的生活环境有关系,尤其是受家庭拖累,他的创作时间很少。所以,手头功夫极强的贵老师,却没能出精品力作,说起来,也是一大憾事。

杜炜是广东南海人,毕业于广州美术学院中国画系,比贵体侃略晚几届。他分配到益阳工作后,也跟贵老师一样,先在工厂搞设计,后湖南"工艺美大"成立,他被调入该校任教,直到20世纪90年代中期,迁回自己的老家广东。杜老师虽然不是益阳人,而且后来也离开了益阳，但他人生中最重要的时期，都是在益阳度过的。因此，他对益阳有很深的情感，益阳的艺术界，也对其念念不忘，至今仍把他视为益阳美术的骄傲。事实上，杜老师的艺术生命，正是从益阳起步的，益阳给了他创作的营养，反过来，他也给益阳提升了艺术形象。他在20世纪70年代创作的连环画《智捕大鲟鱼》，曾参与1981年全国第二届连环画创作的评奖，荣获二等奖。这是益阳美术界首次有作品在全国获奖，所以，荣誉不单归杜老师，也归整个益阳。

我姐姐在"工艺美大"进修期间，杜老师曾施教于她。因此缘故，我很早就知道杜老师，并随同我姐找他看过画。后来，我入湖南"工艺美大"读书，杜老师虽然没有直接教过我，但因为有前面的铺垫，所以，我跟他还是有些交集。杜老师是广东人，带着浓重的粤语腔，跟本地人交流起来，不免有点障碍。或许，这是我没有像跟贵老师一样，与杜老师亲密接触的原因。1991年，我从湖南"工艺美大"毕业，旋即离开益阳，到了北京发展。不久，杜老师也举家南迁，调去了广东佛山。我们天各一方，完全断了联系。本以为再也没机会相见了，不想，缘分未尽，数年后，却因为杜老师的个展，我和他又再度重逢，并且还有了一次深度合作。

那是2015年夏，杜老师准备在北京举办自己的个人画展，经他的学生，也是我的师兄、现任中央美术学院城市设计学院副院长黄建成的推荐，杜老师的夫人，也曾任教于湖南"工艺美大"服装系的丁杏子老师找到了我，希望我能出面，为杜老师策划这个展览。老师之托，义不容辞，我欣然答应，并于是年9月，在北京国家画院美术馆，为杜老师策划了他人生中最重要的个展。当时，杜老师也亲临了现场，那是我时隔二十多年后再次见到他。让我惊叹不已的是，杜老师竟然半身瘫痪了，左边手脚已完全不听使唤，出行还要坐轮椅。看着杜老师半身不遂的状态，以及白发苍苍的形象，我不禁怅然若失。这可是当年精力充沛、神采奕奕的杜老师呀！岁月沧桑，竟然把一位精神抖擞的先生，折腾成了这副样子……

据说，杜老师调回广东后，事业并不怎么顺畅。因为是中年后才调走，人生的黄金时间，都留在了湖南。所以，广东不太认他，他回去后，也一直没能真正地融入广东的美术圈。这从他在京举办的个展上，来的嘉宾与收到的祝贺，均是出自湖南，便可窥见一斑。看到杜老师如此落索的晚景，我真的很心酸。我想，假如杜老师一直留在湖南，凭他的实力和影响，暮年决不会如此冷清。因为他为湖南的美术做出过贡献，湖南人信奉投桃报李的原则，也一定会善待于他。

最后，要轮到我说张月明先生了。他是湖南长沙人，1965年毕业于湖南师范学院艺术系，同年分配到益阳专区文化馆工作，一待便是二十余年，直到20世纪80年代初调回省城。与贵体侃和杜炜两位先生不同，张月明先生至今仍保持着旺盛的创作力，是他们那辈艺术家中，极少还在前台活跃的人物之一。这应该首先得益于张老师有个健康的身体与豪爽的性格，尤其能够接受新鲜事物，喜欢跟年轻人打成一片，诸如此类，都使得张老师不泥古、不守旧，鹤发童颜，老当益壮。其次，张老师调到长沙工作，虽是回到自己故里，却无异于是登高望远，更上一层楼。毕竟长沙是湖南的省会，有着更高的展示平台，也有着更浓郁的艺术氛围。所谓"一登龙门，则声价十倍。"（李白《与韩荆州书》）自此，张老师不再是代表一个小地方，而是代表了整个三湘四水的湖南。

当然，张老师能够取得今天的成就，更重要的，还是源于他的艺术才情，取决于他的艺术造诣。关于这点，无须我多言，湖南美术界众所周知。

其实，我知道张月明的大名，也很早。只是可惜，那时候无缘拜谒，错过了受教于他的机会。因为待我学画时，张老师已经调走，去了省会长沙。不过，我早就说过，缘分这东西，没有迟早，只有相逢一笑的恰好。我跟张月明老师的缘分，也是如此，需要时间的酝酿与等待。这不，一旦时机成熟了，我们不仅有缘得以相逢，而且还一见如故，成了忘年之交。现在的张老师，每次见到我时，都会热情洋溢地喊我一声"卫哥"。我想，我们之所以能够如此放松，超越距离的屏障，打破年龄的局限，自然而然地走到一起，喝到一起，聊到一起，就在于都有一颗赤子之心，崇尚自由，向往光明，性格里有着率性、豪宕、坦诚的一面吧！

张月明老师和他的作品，龚湘波摄于2017年

张月明的绘画，就是他的性格表征，真正是画如其人，热情、奔放、活力四射，透着一股扑面而来的阳光感。这是雨季多发的楚地、阴雨绵绵的环境下，极其少有的艺术气质。因此，我很喜欢！喜欢的不只是张老师笔下，那犹如烈焰般炽热的画面，更有他的艺术立场和人生态度：不谀上、不

屈从、不随众、不为已有的风格和既成的规范所束缚，而是追求自己的个性，保持风格的独立。在我看来，这正是艺术的本质，也是成就一代艺术大家的前提。所以，我始终认为，张月明老师，具有大家风范。我也由衷地期待，白首之心，暮年壮志，张老师能够铸成大器……

由上种种，就是因为我淘到这本《益阳专区第一届美术展览汇编》之后，引发的诸多回顾与感慨。其中涉及的这些人物，不管是有名还是无名，见过还是没见过，因为同出一源，与益阳有关系，所以，也都和我结下了艺术的不解之缘。其实，说到益阳美术界的缘分，还远没有结束。因为当我把淘到这本书的消息和内容，发到"益阳美术家协会"的微信群时，一石激起千层浪，又引发了不少新的话题。其中，反应最强烈的，还是吴国欣老师。他是我在湖南"工艺美大"读书时的副校长，也是我的任课老师。当年，我毕业时跑到北京办个展，差点因为没有交毕业创作，而未能毕业，是吴国欣老师网开一面，把我的个展算为专业成绩，给了我毕业证。所以，他有恩于我。

吴国欣老师虽然是上海人，但早年随"上山下乡"运动下放到湖南省郴州市宜章县，因此与楚地结缘，也与我的艺术人生有了交集。他是我母校的早期毕业生，因为成绩优异，而留校任教；后凭自己的实力，做了许多有创意、有影响的设计作品，并曾在全国的不少设计大赛中获奖，为我母校争得了许多荣誉。故而，他也受到了我母校的器重与提拔。在我读书期间，吴国欣老师是我们的校领导，主管教学。他思想开放，观念新颖，在教学上，不保守、不拘泥，很受学生爱戴。后来，大概是在我毕业后不久，吴国欣老师因成绩斐然，得以

吴国欣教授在学术会议上发言

高就,调回了自己的家乡上海,任同济大学教授,博士生导师。纵观吴国欣老师的奋斗历程,简直可以成为励志的样板。

我从湖南"工艺美大"毕业之后,与吴国欣老师的来往并不多。毕竟隔着距离,他回了上海,我到了北京;而且职业也不同,他做艺术设计,我搞文艺理论。所以,这些年,我们只是因母校的关系,有过几次浅浅的接触。能够把我们这些失散的缘分,重新拾起来,再次发生联系,要感谢袁庆典老师。他就任益阳美协主席后,做了一件很有意义的事,就是把我们这些已经离开了益阳艺术界人士都聚集在一起,建了一个微信群。我和吴国欣等不少师友,能够再续前缘,就是得益于这个微信群,也是得益于科技的进步。说到这里,话题好像已经走远,但其实也都是围绕着《益阳专区第一届美术展览汇编》这本书的故事,在不断延续。因为正是通过这个微信群,我将淘到该书的内容发布后,才引起许多益阳美术的相关话题,也才触发了我写作此文的冲动……

吴国欣老师通过微信告诉我,他认识该书中的不少作者,并由此感慨万千,聊起了益阳美术界的许多往事,并流露出深深的怀念之情。他还表示,自己马上就要从同济大学退休了,之后,会多回益阳看看,多回益阳走走。此外,还有曾在我母校任教、现已成为湖南商学院设计艺术学院院长的李立芳老师,也在微信里发来感喟,对我淘到这本"汇集",激动不已……

这就是我要说的"一本书的缘分"。其实,不只是一本书,而是一些人,因为一个地方,出于共同的爱好,凝结成了一根精神的纽带。我想,人是合群的动物,所以,都会有出处,也都会有自己的地方性。所谓"一方水土养一方人,一方山水有一方风情"。对于我们这些人而言,益阳是我们的出发点,或许注定了,也会是我们的回归路。所以,我淘到的这本《益阳专区第一届美术展览汇编》,似乎也是一种命定,一种必然。至于书中涉及的这些旧事和故人,虽然随着时光流逝,早已翻过一页,但是,他们作为益阳的人文记忆,却构成了一个城市的文脉,融入了益阳的血液,丰富着她的历史。

2017-8-25 于北京通州

我的老师

晏立新老师

人的缘分，有浅有深。缘分浅的人，有幸相识却又擦肩而过；缘分深的人，分别再久还是会相逢。我与晏立新老师似乎就有着某种不解之缘，竟然在分别三十多年后还能再次联系上，并且有机会在她所工作和生活的城市得以相见，说起来，也真是缘分不浅。当然，这要感谢互联网时代微信平台的出现。

晏立新老师是我的小学老师，对我有培育之恩。其实，我的老师有很多，因为我读过不少学校，单小学就有三所之多，故而，我的老师也是

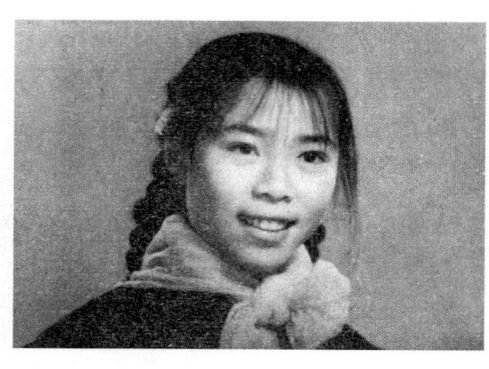
晏立新老师年轻时候的照片

多如繁星，很难一一历数。但是，我对晏立新老师却有着清晰的印象，即便时隔三十多年了，我仍然记得她当年的声容相貌，记得她的谆谆教诲……

我之所以对晏立新老师念念不忘，除了她在我小学老师中教我的时间最长，以及她在教学上兢兢业业，为我传授过不少知识以外，还有一个很重要的原因，那就是当时的晏立新老师还很年轻，也很漂亮。因此，她也给懵懂初开的我，留下了许多甜美的印象。

有人说，异性的师生关系，可以促进学习。我觉得，有一定的道理。所谓"近朱者赤，近墨者黑"。有晏立新这样一位美丽的女老师上课，我的智力和想象必然会提早打开。或许，我后来从事艺术工作，就是得益于晏立新老师早年对我的一系列审美启蒙吧。

我现在还记得，晏立新老师当年的样子：身材苗条，清丽雅致，透着一股清纯动人的美；她喜欢扎辫子，两根麻花辫，或垂于胸前，或耷拉肩后，走起路来，辫子左右摇摆，楚楚动人……

其实，晏立新老师比我们大不了几岁，刚教我们时也就十七八岁的芳龄，因此，她跟我们没有太多师生之间的距离，而更像是一个大姐姐，教我们知识的同时，课余时间也常带我们一起运动，一起游戏，一起玩耍……所以，我现在回忆起晏立新老师，全是活泼可爱的形象。可以说，她这种言传身教的方式，带给我的影响，远远胜过了书本知识。

据后来晏立新老师透露，她从益阳市学门口小学调到我们学校后，所教授的第一批学生，就是我们班。因此，她对我们这个班的感情特别深，投入的精力也最多。时隔三十多年后，我们这个班的同学相互联系上，并组建了微信群，晏立新老师进群后，不仅能够一一喊出班上同学的名字，而且还可以说出每个同学当年的兴趣与爱好。由此可见，晏立新老师对我们这个班的了解程度，几乎是深入骨髓了。

说起我们的小学——益阳市桃花仑小学，可是我家乡的一所名校。她的前身是挪威信义会于1905年始建的教会学校，名曰"信义小学"。其初建时选择的地址，并不是在现在的位置，而是在资江南岸的碧津渡下首，即后来益阳市大渡口附近，也就是再后来的益阳航运局所在地。1910年，信义小学由资江边的碧津渡，迁至现在的桃花仑，围绕桃花仑信义大

益阳市桃花仑小学新46班的课堂，右三靠窗者是杨卫，约摄于1981年

教堂，新建校舍和住宅区，扩大了招生，才初具规模，有了后来桃花仑小学的雏形。

曾经在相当一段时间里，我一直以为，信义小学迁至桃花仑后，校址就是我所就读的桃花仑小学。因为在我读书时，桃花仑小学仍然保留着一些西洋的老建筑，此外，当时刚经历完"文革"，对过去的那段教会历史，还有些遮遮掩掩，所以，我们只能凭自己的猜测，误把信义小学的原址看作是桃花仑小学的前身了。其实不然，信义小学

迁至桃花仑，最先选择的位置是在后来益阳地区军分区一带，而我们所在的桃花仑小学，原本则是信义女中。关于这段辗转的历史，也是若干年后晏立新老师回益阳，通过询问桃花仑小学的资深教师、也是著名作家的卓列兵先生了解到的，为的就是给我的写作提供材料。这不禁让我感动万分，时光荏苒，历史翻过了一页又一页。晏立新老师还在为学生操劳。可见她严肃认真的师风。

晏立新老师喜欢装扮教室，这是她当时在新46班教室的窗台上种植的文竹，约摄于1980年

回到桃花仑小学，我进去的时间是1979年。此前，我是在益阳市大渡口小学读书，因为中间去了一趟山东泰安老家，再回益阳后，错过了学期。于是，父母便托关系，找熟人，干脆把我转至了益阳的重点小学——桃花仑小学。我还记得，我入桃花仑小学时，已插不进班，所以，就与另外一批转学生和降级生凑在一

益阳市桃花仑小学校领导和团支部教师在老洋楼前合影，第一排从左至右：李冬平、张淑清、盛景华、周建安（新46班的体育老师，后担任过益阳公安局副局长）、徐爱珍、周鸽平，第二排从左至右：晏立新、徐飞飞、龚建中（副校长）、周兆宇（校长）、孙南纯（教导主任）、文丽芬（党支部书记）、杨国其（总务主任），约摄于1982年左右

新46班的几位女同学

起,成立了一个新的班级,名曰"新46班"。顾名思义,这个所谓"新",是格外增加的。原本我们这一届到46班就已经结束了,而47班则是下一个年级,所以,只能夹在中间再添一个新班,才得以让我们这些转学生和降级生容身。说起来,这恐怕也是桃花仑小学校史上的特例吧。

晏立新老师调入桃花仑小学,与我们入校时间相仿,因此,我们在桃花仑小学相遇,都是第一次。我们是晏立新老师在桃花仑小学教出的第一批学生,而她也是我们在该校遇到的第一位老师。或许,这正是我们难舍难分的原因吧。

虽然人生的路有很多,但起点只有一个!

晏立新老师是我们的班主任,不仅教过我们数学、语文等多门课程,而且课余时间也一直辅导我们其他方面的学习。那时候,晏立新老师还是单身,所以,她几乎把所有时间和精力都投注到了我们身上,为改变我们这个班的"杂牌军"形象,废寝忘食,付出了太多太多。我们班之所以能够迅速提升起来,后来成为优秀班级,与晏立新老师的精心培育和孜孜不倦的教诲,有着密切关系。

现在回忆起来,晏立新老师当年的几个重要举措,我还印象深刻：其一，是制定一系列"帮带计划"，让学习成绩好的学生，带学习成绩差的学生共同进步；其二，是发挥每个同学的兴趣与爱好，把语文好的同学组织起来成立语文学习小组，把数学好的同学集中起来成立数学趣味团体，把喜欢体育的同学召集在一起成立篮球队等等；其三，就是放学后经常把一些成绩差的调皮生留下来，再单独进行辅导……

说来惭愧，我就是经常被晏立新老师留下来的调皮学生之一。虽然这说起来有些不太好听，但却使我受益良多：首先，当然是为我弥补了许多知识缺失；其次，是让我有机会更深地走近晏立新老师，从而通过她而走进桃花仑小学的历史深处……

晏立新老师教我们时，曾在桃花仑小学住过两处宿舍：一处位于新教学楼，就在我们教室边上；另一处则在一幢老洋楼的阁楼上。我因为常被晏立新老师留下来辅导，所以，对她的两处宿舍都是了如指掌，尤其是那幢老洋楼，至今还记忆犹新。

那是一幢以大理石为基础、水泥砖为材料建造而成的西式洋楼，主体风格仍沿用了哥特式建筑的设计，保留了高耸的屋顶和尖形的拱门，以及修长的束柱、硕大的窗户等等。但也吸收了一些中式元素，尤其是借鉴了一些江南建筑的特点，比如白墙、黑瓦等等。由此形成一种中西合璧、东西融会的建筑风格，呈现了一种兼容与调和的美感。洋楼有好几层，楼梯在楼内，沿着墙边向上盘旋，扶手均为石材，结实厚重；但楼板却是木制的，时间久远，早已老化开裂，人走在上边，发出咯吱咯吱的声响；晏立新老师的宿舍，就在老洋楼顶层的阁楼里；那间房子的开间很小，屋顶还是斜的，有一扇天窗从斜屋顶伸出,仿如眺望的眼睛,凝视着过去,也向往着未来……

可惜,20世纪80年代以后,随着现代化进程的加快,这幢老洋楼和老校门等一系列信义时期留下的老建筑,全都被拆除掉了,这让我怅然若失,有一种无处还乡的失落感。若干年后,我为写母校的文章,曾四处寻找那幢老洋楼的照片,但却一无所获。当晏立新老师知道这样情况后,也煞费苦心地帮我寻找,终于在她的一张旧合影中,找到一点老洋楼的痕迹,才为我弥补了记忆的缺失。说到这里,我不禁又想起了晏立新老师当年留我们的情形,多想回到那个时候,再让晏立新老师留住我的温馨记忆,留住那些美好的光阴呀!

然而,青山遮不住,毕竟东流去。几年的小学时光,转眼即逝。1982年,我从桃花仑小学毕业,考上初中,去了大渡口中学读书。自此,我与晏立新老师分别,也再也没有回过桃花仑小学。据说,桃花仑小学旧貌换新颜,就是从我们离校后开始

1982年,晏立新老师赠给杨卫小学毕业的小卡片

的。不过,我已经无暇再顾及这些了,因为要面临着更多成长的焦虑,我辗转于益阳的多所学校,读完了中学,也读完了大学,直至后来离开益阳,到了北京发展……

一晃数十年过去了,我跟家乡几乎完全断了联系,要不是微信的出现,将失散多年的桃花仑小学"新46班"师生联系起来,我恐怕已

很难再有机会见到晏立新老师，也就不会有这么多的感怀了。

正是通过微信联系，我才了解到，原来早在20世纪90年代初，晏立新老师就已经离开桃花仑小学，从益阳调到了深圳工作。这些年，她一直在深圳小学任教，从普通教师做到高级教师，不仅培养了许许多多的人才，也获得了诸如深圳市小学教学"引探教学法"研究积极分子、深圳市"十佳师德标兵"等无数的奖项和荣誉，可以说，是硕果累累、成绩斐然。不过，尽管晏立新老师从教数十年，桃李满天下，可她对我们这个桃花仑小学"新46班"，却是感情最深。或许，这除了我前面说到的原因，还跟晏立新老师当年正值最好的青春年华有关吧。

2016年底，我利用去深圳开会的机会，谒见了晏立新老师。三十多年过去了，晏立新老师依然风姿绰约，丝毫不显老态。这让我惊讶不已，再次感受到了晏立新老师的魅力。那天，晏立新老师不仅请我和我的朋友们一起吃了饭，而且还在第二天我离开深圳时，专门赶来为我送行……此情此景，历历在目，令我备受感动。

这之后，我与晏立新老师的联系，便越来越紧密了。常常，我们会通过微信分享一些家乡益阳的旧事，共同回忆曾经在桃花仑小学时的点点滴滴。让我意想不到的是，晏立新老师竟然还保留了我们读书时的不少照片。当她将这些照片一一翻拍下来传给我时，我才猛然想起，这些都是当年晏立新老师专门从外面请来摄影师到我们教室拍摄的。真是一位极其用心的好老师，多么令人尊敬呀！

说来也巧，不久前，我回了一趟益阳老家，竟然也在一堆杂物中找到我于桃花仑小学毕业时,晏立新老师写给我的一张小贺卡,真是出乎意料,不禁让我喜出望外!正所谓睹物思故,因为有了这些照片和物证,过去才变得如此之清晰,我们也能够借助于此不断穿越时空,重新回到过去,回到那明亮的教室和琅琅的读书声中……

2018-4-6 于通州

廖正华老师

因为我自小不喜欢读书,却对绘画感兴趣,所以,父亲怕我不读书学坏,只好顺着我的兴趣与爱好,让我学画,并帮我四处寻找老师。我与廖正华老师结上师生缘,就是通过父亲的关系。

廖正华老师是我父亲的老友,曾在我的家乡——湖南省益阳地区原文化馆担任创作员,早就在益阳美术界闻名遐迩。能得到这样一位名师指点,我学画自然可以少走许多弯路,所以,父亲向我提议后,我便欣然应许了。

现在,我还记得第一次见到廖正华老师的情形,时间应该是1984年春,地点在益阳剧院旁边。那是益阳地区文化馆的旧址,当年廖正华老师的创作室,就在一排旧式的平房里。我还记

1963年廖正华老师在韶山写生

得，那间屋子并不大，十分简陋，四处还漏着光；屋子里堆满了颜料、画框、书籍和各种杂物，零乱而狭窄，令人很难下脚。如果不是目睹了廖正华老师的工作现场，我很难想象，他那么多的精品力作，就是诞生于这样的艰苦环境。由此，我感受到了廖正华老师的吃苦精神，也体会到了他的勤恳敬业。

那时，廖正华老师也就四十开外，神采奕奕，精神抖擞。父亲带我到他的工作室，向他介绍完我的情况后，廖正华老师并未言语，而是拿起我带过去的一些习作，仔细地端详起来。看到廖正华老师一脸严肃的表情，我心里很紧张，以为他会嫌弃于我，不想，廖正华老师看完我的画作之后，转而变得和蔼起来，不仅耐心地给我指出了画面中存在的问题，而且也答应了父亲托他辅导我的请求。由此，我又感受到了廖正华老师的温良亲善，也就心悦诚服地拜在他的门下，开始了正式学画的历程……

廖正华老师是益阳老城人，生于资江河畔，长在古街老巷，丰厚的人文历史与秀美的山水风光，给廖正华老师带来了审美的启迪，也孕育了他的艺术气质。据说，廖正华老师很早就开始画画，并取得过一些骄人的成绩，只可惜在他人生的青春时光，赶上了"文革"，教育秩序被打乱，大学停止招生，因此，廖正华老师错过了进大学读书的机会。可尽管廖正华老师不是科班出身，但凭着刻苦的自学，笔耕不停，他却为自己打下了坚实的造型基础，也由此取得了许多令人瞩目的成就。

我知道当年的廖正华老师，不仅多次参加全国和省市美展，而且还有许多美术作品在各地专业杂志发表。廖正华老师正是以他的勤奋好学，弥补了与大学失之交臂的遗憾，也证明了自己的绘画实力。

我少时曾看过廖正华老师画的连环画《西游记》之《激战流沙河》，印象极为深刻。其巧妙的构图、扎实的造型，以及流畅的线条，都能看出廖正华老师的素描基础与速写功夫。事实上，廖正华老师进入美术创作，最早就是从素描和速写开始的。那些年，他走遍大江南北，四处写生，尤其是数次往返于湘西，到那里画了不计其数的素描和速写。正是这种不厌其烦的采风与写生，构成了廖正华老师的水墨画之特点，即以素描和速写的造型方式进入，而非从传统的书法用笔中脱胎，从而也使得廖正华老师的水墨画，更具生活气息，用今天的话说，就是更加"接地气"。

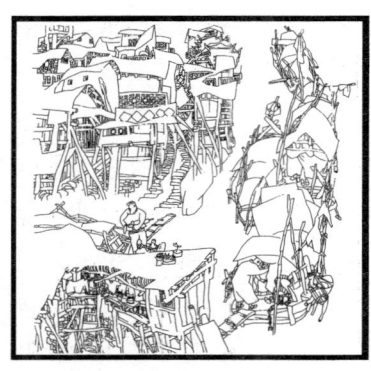

廖正华老师的写生作品之一

近代以来，传统水墨画受外来文化的冲击，出现了生存的危机。为了给水墨画谋求一条通往现代的表现之路，几代中国艺术家都为之付诸了辛勤的努力。而在长期的探索与实践中，有两条线索逐渐得以清晰，并日益壮大，形成了两个不同的发展体系：一个是以徐悲鸿与蒋兆和为代表的"徐蒋体系"；一个是以林风眠和吴冠中为典型的"林吴体系"。就"徐蒋体系"而言，其最大的特征之一，就是遵照现实主义的创作原则，引素描和速写来改造传统水墨画。这基本上构成了1949年之后水墨画探索的主旋律，也成为当年工农民美术创作的基石。廖正华老师的水墨画，就是植根于这样一个基础，是从生活经验中来，以写实手法为主。当然，晚年的廖正华老师，其作品语言和作品风格也发生了很大变化，与许多画家"先工后写"一样，他后来的作品也增加了不少写意因素，似乎越来越接近"林吴体系"了。不过，这是后话，待我稍后再叙。

1970年代，廖正华老师在资江边写生

1985年，廖正华老师得到一个机会，去仰慕已久的浙江美术学院（1993年更名中国美术学院）进修。这使他终于得以走进大学校园，接受正规的学院训练，感受学院的人文熏陶。廖正华老师自然是倍加珍惜这个难得的机会，沉浸在浙江美院，废寝忘食地学习了一段时间。

浙江美院的前身，是蔡元培1928年创办的"国立艺术院"，其办学宗旨遵照了蔡元培"以美育代宗教"的思想，特别注重审美的灌输与形式语言的探索。这一点与徐悲鸿倡导的现实主义原则大相径庭，构成两种截然不同的艺术路径，不仅丰富了中国现代美术教育的模式，同时，也为后来的画家们选择不同艺术方向留下了探索空间。廖正华老师后来的艺术变法，虽然主要是跟他的心境变化有关，但浙江美院的那段进修经历，应该说也是起到了重要的铺垫作用。

廖正华老师去杭州读书那年，我也考上了益阳市第一职业中学的美术班。因为进入了另外一种新的学习环境，又因为廖正华老师离开了益阳，所以，我与廖正华老师的联系，也渐渐稀少。此后的几年时

廖正华老师在浙江美术学院中国画系的画室

间,我们都发生了很多变化,廖正华老师从浙江美院回来后,没过多久便当选上了益阳美术家协会的主席。那些年,他为益阳美术事业的发展和群众文化的繁荣,奔波操劳,呕心沥血,做了大量的工作。而我也参加了工作,因为工作性质不同,已经很少再跟美术界来往。

1989年,我工作了一段时间后,重新拾起美术爱好,并考上了湖南工艺美术职工大学。在我的同学中,就有廖正华老师的外甥、也是我过去的画友胡勇鹏。于是,通过胡勇鹏的关系,我又跟廖正华老师再续师生缘,产生了一些联系。我还记得,1990年,廖正华老师策划了益阳第一届艺术节,当时还是学生的我,在廖正华老师和另外几位老师的关照下,竟然有两幅作品得以入选。无疑,这对于初出茅庐的我,是一种极大的鼓励。所以,我至今都感念于廖正华老师。

1991年,我在毕业前夕,独自北上,到北京艺术博物馆举办了一次个人画展。展览获得了意想不到的成功,这给我带来了巨大的信

廖正华老师后期的写意人物画

心，也促成了我后来以艺术为生。所以，大学毕业后没多久，我便放弃铁饭碗，闯荡北京，当了一名职业艺术家。

这些年，我一直工作和生活在北京，很少再回家乡，关于益阳的一些人和事，自然是疏远了不少。不过，虽然我跟家乡的接触少了，但与廖正华老师还是时有联系。在我的记忆中，还有一次较为深刻的印象，让我颇为感激。那是1998年，廖正华老师带着他的儿子廖勤，到北京来报考中央美术学院附中，当廖正华老师打听到我在通州的宋庄后，曾长途跋涉，辗转数里，带着廖勤来看我。此情此景，历历在目，至今回想起来，仍让我感动不已。如今，又是多年过去了，廖勤早已于中央美院毕业，并留校任教，在中国画坛声名鹊起。看到廖勤子承父志，青出于蓝，我真心地为廖正华老师感到高兴。

回到廖正华老师的水墨画，于近年来出现的一些变化，我以为是一种渐入佳境的过程。中国人强调大道自然，年龄的增长，也是一种升华的过程。廖正华老师的作品后来走向写意，开始出现一些清幽淡雅的因素，自然与他心境的大化有关。但可贵的是，廖正华老师虽然淡泊了人生，可他的初心未变。正如廖正华老师笔下的人物，仍然关乎着社会底层，涉及平民百姓的喜怒哀乐一样。忠于生活，追求自然，永远是廖正华老师创作的动力，也是他取之不尽的艺术源泉。这让我想起了另外一位湘籍前辈画家齐白石老人，衰年变化，但童心未泯。对于廖正华老师，我也热切期待，他的晚年能够再创辉煌。

2016-8-23于通州
2018-3-28改于通州

贵体侃老师

贵体侃老师

贵体侃老师不仅是我的老师，也是我姐姐的老师，因此，他对我们姐弟俩都有培育之恩；也因此，我们姐弟俩都感恩于贵体侃老师，包括我们的父母也很感念于他，以至于多年来我们两家一直都有走动，保持着长久的家庭间友谊。

贵体侃老师1938年生于湖南常德，20世纪50年代末考上广州美术学院油画系。大学生极为稀少，艺术类大学生更是凤毛麟角，贵体侃老师能够从一个小地方考上广州美术学院，可见他的艺术造诣，也可见他的造型功底。

多年后，贵体侃老师曾向我透露，他走上艺术之路，得益于一位叫李代贤的安徽芜湖籍人士。李代贤先生曾是贵体侃老师就读于常德市一中（原省立四中）的美术老师，他慧眼识珠，很早就发现了贵体侃老师的艺

贵体侃老师学生时期的作业之一，该作品被广州美术学院美术馆永久收藏

术天赋，因而加以精心培养。其实，贵体侃老师的理工科成绩也很好，本可以就读理工类大学，但李代贤先生却执意要让贵体侃老师学艺术，这也就促成了贵体侃老师报考广州美术学院……由此可见，人的一生遇到老师很重要，好的老师就是一盏明灯，可以照亮前程。

据说，贵体侃老师当年是以榜首成绩考上广州美术学院的，尤其是他的专业成绩，在同届考生中，可谓出类拔萃。因此缘故，他很早就引起了"广美"的不少专业老师的注意，考进"广美"油画系后，一直是作为佼佼者被重点培养。若干年后，我曾看到一本广州美术学院早年出版的素描范画集，其中刊登的大都是教师作品，但却破例地收录了当时还是学生的贵体侃老师的课堂作业，可见他在"广美"读书时，就已经是鹤立鸡群、名声在外了。

贵体侃老师(前排中)与杨尧(前排左)、冉茂芹(后排中)等画友在考前的合影

贵体侃老师在"广美"读书时，师从于王肇民、郭绍纲等名师。其中王肇民为当代水彩画大家，年轻时曾相继在杭州艺专和北平艺专学习，与李可染等艺术大师同窗；而郭绍纲早年则留学苏联，于著名的列宾美术学院学习，是中国"苏派"油画的代表人物之一。贵体侃老师受教于这些名师，在广美读书期间打下了坚实的造型基础，也积累了深厚的艺术素养。后来，他从"广美"毕业，被分配到我的家乡湖南益阳工作，也把这种扎实的学风带到了湖南。我考学的20世纪80年代，湖南的美术考生就其绘画功底而言，普遍都比较扎实，且大

都喜欢报考广州美术学院。之所以出现这样的情况，就是跟贵体侃老师等一批"广美"毕业生回到家乡，对湖南美术界的启蒙有着直接关系。

1961年，贵体侃老师从"广美"毕业，放弃留在大城市的机会，主动请求回到了自己的家乡工作。那时候，益阳还归属于常德专署管辖，所以，贵体侃老师回乡后，便被分配在了益阳。1962年，益阳从常德专署分离出来，恢复专区建置，贵体侃老师留下来，因此而成了常德籍的益阳人。"文革"期间，贵体侃老师一直被边缘化，发配在一家小工厂参加劳动。直到"文革"结束，湖南工艺美术职工大学在益阳成立，贵体侃老师才离开工厂，调入该校任教。我们姐弟俩与他结为师生之缘，便是从"工艺美大"开始的。

起先，是由于我的姐姐到"工艺美大"进修，贵体侃老师教进修班的专业课，因此，他就成了我姐姐的美术老师。这期间，父亲会常带着同样喜欢画画的我到"工艺美大"探望姐姐，故而，我也由此认识了贵体侃老师。后来，我辍学在家，父母怕我流向社会，也敦促我学画，于是，我便和姐姐一起，归于贵体侃老师门下，成了他的"入室弟子"。

贵体侃老师平易近人，和蔼可亲，也很乐于施教，所以，很受学生们欢迎。我记得，当时在益阳学画的不少社会青年，诸如徐大良、汤超、冷奇才、胡勇鹏、甘泉等等，都曾拜他为师，在其门下受业。因此，贵体侃老师的家就成了一个艺术沙龙，聚集了许多的艺术人才。大家通过贵体侃老师的关系，彼此结识，聚在一起相互切磋，相互学习，绘画水平很快都得到了提高与进步。

正是得益于这种良好的学习氛围，以及贵体侃老师的谆谆教诲，时至20世纪80年代中期，我们这个圈子的不少画友，都纷纷考取了艺术院校。比如我的姐姐和徐大良考到了上海，冷奇才考去了长沙……自此，我们这个画友圈子解散。不过，虽然贵体侃老师的许多学生考到外地，离开了益阳，但不久之后，我与汤超、胡勇鹏等人，却相继考上了贵体侃老师所在的"工艺美大"。所以，我与贵体侃老师的师生缘，比我姐姐她们那一拨人还要长。

其实，我在"工艺美大"读书时，贵体侃老师并非我的任课老师，没有直接教过我。但由于我此前跟随他学画，所以，我进"工艺美大"后，仍然与贵体侃老师保持着密切的师生关系。课余时间，我常会跑去他家，向他请教问题；而贵体侃老师也很乐意为我开"小灶"，为我指点人生和艺术的迷津……

在我的印象中，贵体侃老师家里总有川流不息的学生，不仅本校学生愿意登门求教，社会上的文艺青年们，也喜欢到他家来求取真经。因此，贵体侃老师的家里面常常是人满为患，络绎不绝的学生们，簇拥在他们家的狭小空间里，甚至都让人无处落脚。对此，贵体侃老师却从未表现过不

贵体侃老师(左)与他的老师郭绍纲(中)、同学杨尧(右)在校期间合影

快,总是有求必应,不仅乐意为学生们耐心细致地讲解,而且还常会亲自做示范,手把手地教学生……此情此景,历历在目,今天回想起来,仍令我感动不已。我常想,贵体侃老师的作品产量不高,大概与他在学生们身上投入了太多的时间和精力有关吧。

说起来,贵体侃老师的一生,确实有些不太得志,作为一位才华横溢的艺术家,他的才情并未得以充分彰显。造成这种结果的原因当然会有许多,除了贵体侃老师热衷于培养学生,因此而耽误了太多时间以外,还跟他在创造力最为旺盛的时期赶上"文革",错过了施展才华的机会,以及后来又受家累所牵连等等都不无关系。对此,作为学生的我,会常为贵体侃老师的怀才不遇而深感惋惜,并报以不平。

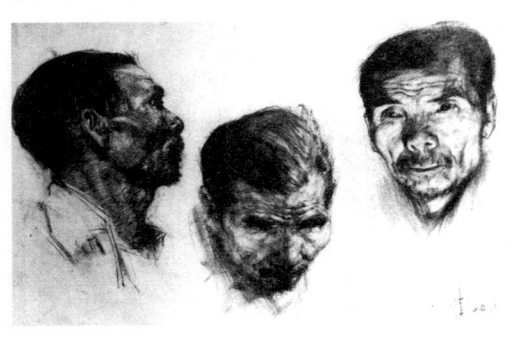

贵体侃老师学生时期的作业之一,该作品被广州美术学院美术馆永久收藏

其实,贵体侃老师在绘画上极具天赋,我看过他早年的不少作品,无论是油画,还是素描,抑或是水彩画等等,可以毫不夸张地说,在当年都已经远超于益阳美术界的平均水平,甚至在整个湖南美术界也是屈指可数。这一方面源于贵体侃老师的艺术天赋,另一方面也是得益于"广美"的培养。在贵体侃老师读书的时候,中国的美术学院推行的是"苏派"教育,这在今天看来是一种僵化、保守的教学模式,却以强调基本功训练,为那一代艺术家打下了坚实的造型基础。贵体侃老师一生都遵循着这种创作原则,由此使得他的绘画风

格，造型严谨，笔力苍劲，抒情的背后总有一种结构之美。

此外，那时候的美术教育很强调写生，强调对生活的体验与发现。贵体侃老师受此影响，曾游历大江南北，去往全国各地采风，画了许许多多的写生作

湖南工艺美术职业学院35周年校庆期间，杨卫(后排右二)与同届工艺班同学合影，后排右五为贵体侃老师，摄于2010年

品。这自然为他的绘画增添了不少意趣，从而于严谨中又多了几许灵动的因素；再加上贵体侃老师长期在"工艺美大"任教，不断从工艺美术中吸收营养，更使得他后来的绘画注重于形式语言，既有雄浑之气，又有朴素之美，可谓别出机杼，自成一家……只可惜，受各种原因牵累，贵体侃老师没有深入地发展下去；又因为长期蛰居在益阳小城，他的艺术才情被地域所局限，被时代所埋没了。说起来，不免有些遗憾！

1991年，我从"工艺美大"毕业之后，便离开益阳到了北京发展。自此，我告别家乡，也告别贵体侃老师，很少回去。再后来，我的父母也随我和姐姐迁至北京生活，我们一家与益阳的联系，也就日益稀少。大概是七八年前，突然有一天，父亲告诉我贵体侃老师到北京了，并带着正在中央美术学院研究生班进修的女儿贵红，专门来看望了我的父母和我的姐姐一家……但很遗憾，我因为出差在外，错过了与贵体侃老师见面的机会。据我父母透露，贵体侃老师还准备到北

京来发展,听到这个消息,我不禁有些怅然。要知道此时的贵体侃老师,已经是年逾七旬的老人了,这么大年龄出来求发展,还会有结果吗?其实,贵体侃老师在我心目中,早就是艺术大家了,只是缺乏平台,缺少机会……想着这些,我不禁又开始感慨起来:如果贵体侃老师能早点出来,该有多好呀!

2018-4-13 于通州

2018-6-23 改于通州

吴国欣老师

吴国欣老师是我在湖南省工艺美术职工大学(2003年更名为湖南省工艺美术职业学院)读书时的专业课老师,也是我母校当年的副校长,与我不仅是师生关系,曾经施教于我,而且他当年作为校领导还为我顺利毕业开过"绿灯",对我有玉成之恩。因此,吴国欣老师既是我的恩师,也是我走向社会的开门人。

吴国欣老师1953年生于上海,童年和少年都在十里洋场度过。他钟情于艺术,迷恋设计工作,我猜想,可能跟他儿时在上海感受到的繁华时尚有关。不过,这代人的命运多波折,成长过程赶上了许多社会改造运动,也经历了不少痛苦和磨难。吴国

吴国欣教授

欣老师也未能幸免，刚成年便遭遇了"文革"，于是，与许多城市青年一样，受"知识青年上山下乡"的号召，他从繁华的大上海只身来到偏僻的湖南，插队在了郴州的宜章县。

吴国欣老师的那段插队经历，我并不了解，但凭借我对他们那代人的研究，我想一定是苦乐交织的，不然，吴国欣老师不会有那么多生活的积累，也就难以有如此丰富的创造力了。事实上，祸福相倚，往往不幸之中，也包含着幸运的因素。改革开放以后，之所以"知识一代"能够迅速崛起，于各行各业中引领风骚，就在于他们吃过苦，懂得生活的艰辛，更有一种社会担当。吴国欣老师也是那时候脱颖而出的，他考上我的母校——湖南省工艺美术职工大学（我们称之为湖南"工艺美大"），由此改变自己的命运，正是受益于改革开放的恩惠。

湖南省工艺美术职工大学，坐落在我的家乡湖南省益阳市，原为益阳市"七二一"工艺美术大学，是1975年益阳市轻化局为了响应国家号召，而成立的一所半工半读的业余美术学校。1978年，益阳市"七二一"工艺美术大学因办学成绩突出，被升为省市联办，改学制为全脱产三年制，并面向全省招生。吴国欣老师就是该校改制后的第一届学生。

说起吴国欣老师他们那一届，应该说是湖南省工艺美术职工大学（1981年更名）的标杆，而吴国欣老师则是其中的佼佼者。早在读书期间，吴国欣老师便参与了许多重要的设计工作；1982年，他的毕业创作还参加了全国首届包装广告展；而他和崔平平为1986年"国际和平年"合作的年画《为了和平》被中国美术馆收藏，并选送联合国展览；1988年，他与人合作的亚运会宣传画，更是被评为一等奖……正是因为取得了这些耀眼的成绩和殊荣，吴国欣老师毕业后得以留校任教，并作为重点培养对象，后来成了我母校的副校长。

20世纪80年代中期，我开始学画，并拜了湖南"工艺美大"的贵体侃先生等人为师，因此，常会进出于该校。此时，吴国欣老师已去中央工艺美术学院（现为清华大学美术学院）继续深造，我与他虽然不曾谋面，但对于他所取得的成就，却是早有耳闻。因而，我一直心存向往，对于吴国欣老师，总希望能够找到一个当面受教的机会。

1989年，我在湖南"工艺美大"进修班学习了半年之后，顺利地考入了该校。当时，我就读的是装潢设计专业，尽管我并不喜欢设计，但因为是吴国欣老师担任其专业课老师，挑选专业时，我还是义无反顾地选择了该专业。这就是样板的力量，常常会左右人的选择，也能够影响到人的生命轨迹。

我跟吴国欣老师正式结为师生关系，便是从那时候开始的。他教我们广告设计课，也带我们的毕业创作，因此，在众多老师中，吴国欣老师教我们的时间最长，付出的心血也最多。现在回想起来，有几个印象极为深刻，不仅令我受益终生，也让我心存感念，至今难忘。

首先，是吴国欣老师的教学方法灵活多变，既开放，又活泼。或许因为他是上海人的缘故，又曾在中央工艺美术学院深造，见过世面，思维和眼界都有所不同，故而，吴国欣老师总是能够从容地面对教学，于轻松愉悦的气氛中，给我们灌输一些新知识、新观念。

当时，我们都还很懵懂，为了能够让我们了解外面的世界，获得更多的视觉经验,吴国欣老师利用外出机会,收集了世界各地的不少经典广告镜头,并将其编辑成录像,于课堂上一部一部地放给我们看,又一次一次地为我们讲解。可以说,这种

吴国欣教授(后排右五)的毕业照

意识形态的启蒙,对我们的影响,远远超过了设计和绘画本身。我后来的思想观念与创新意识被打开,有许多方面就是得益于吴国欣老师当年的灌输与启迪。虽然我后来没有从事设计工作,而是走上了纯艺术的创作之路,再后来又转入到了艺术批评与策划,但是,广告设计中的那些创意思维,却激发了我的想象,给了我无穷的创作动力与思想源泉……

其次,是吴国欣老师的人格魅力,大气谋事,宽以待人,既随和又不失涵养,让学生们很容易走近他,但又能够从他身上感受到某种傲气与威严。当时,他已是我母校的副校长,但在给我们上课时,却丝毫没有校长的架子,而是能够跟学生们打成一片,不仅在课堂上与我们一起讨论问题,一起动手画画,参与制作,而且课余时间,还常和我们一起参加运动……吴国欣老师的这种民主作风,以及现身说法的教学理念,远远胜过了枯燥无味的说教,也缓解了我们在校学习的种种压力。

其实,我在湖南"工艺美大"读书时,并不是一个好学生。因为我迷恋于纯绘画,读书期间便在校外租了房子搞油画创作,所以,经

常会逃课。对此，吴国欣老师并没有横加干涉，阻止我"不务正业"，而是给我充分的时间和空间，让我自主选择，自由发展。回想起来，我能够走到今天，确实得益于当年的人文铺垫。

1991年春，我就是带着自己在校期间创作的这批油画作品，首次在北京举办了一次个人画展。不想，展览取得了意想不到的成功，这不禁让我有些春风得意，由此坚定了到北京发展的念头。而在此期间，正是我的毕业创作阶段，因为办画展，我没有完成学校规定的毕业设计作品，成绩归了零。困境之中，又是吴国欣老师向我伸出支持之手，把我在北京举办个展的成果，算作毕业创作与学习成绩，才让我得以顺利毕业。说到这里，我要感谢吴国欣老师，如果没有他为我"网开一面"，也许我拿不到毕业证，也就不可能有出走的动力了。

湖南工艺美术职工大学1991届毕业照，后排右六是杨卫，前排左四是吴国欣老师

1991年夏，我从湖南"工艺美大"毕业，之后，便离开家乡，到了北京发展，很少再回益阳。关于我家乡和母校的一些变化，我都是道听途说而知晓的。据说，我毕业后没几年，吴国欣老师便调回了上海，出任同济大学教授。得知这个消息，我很为自己的老师而高兴，毕竟这是一种晋升，可谓"芝麻开花节节高"；当然，我也为母校和我的家乡没能留住这样一位优秀人才而感到惋惜。不过，虽然吴国欣

老师出谷迁乔，得以步步高升，但却饮水思源，从来没有忘记过自己的出处，几乎每年都会抽空回益阳探望，回母校讲学……了解到这些情况后，我又为吴国欣老师的感恩图报之举所感动，一直视为楷模。

2003年，我被中国艺术研究院特聘，到该院主办的《艺术评论》杂志担任策划编辑，因此，开始与各方文艺界人士建立起广泛联系。我与吴国欣老师再续前缘，便是始于此时，得益于《艺术评论》杂志。我还记得，吴国欣老师当年为同济大学建筑与城市规划学院/设计创意学院申请博士点，到北京奔走的情形。也是那一次，通过校友喻建辉的联络，吴国欣老师找到了我。那是我们时隔十多年后再次见面，吴国欣老师虽然老了不少，一头黑发染成了满头银丝，但却精神抖擞，神采飞扬，风姿一点不减当年。那天，我们师生相聚，一起聊了很多很多，聊到了事业，聊到了家庭，也聊了未来的设想……

这之后，我与吴国欣老师便互留电话，建立了联系。转眼，又是数年过去了。这些年来，虽然我与吴国欣老师的实际交往并不多，但是，他做的工作和取得的成绩，我却时有耳闻。我知道，同济大学建筑与城市规划学院/设计创意学院的博士点，后来终于申请下来，吴国欣老师成了首批博士生导师；我也知道，吴国欣老师后来被评为上海100位最有影响的设计师之一，并当选为教育部艺术类专业教学指导委员会委员，上海美术家协会艺术设计委员会副主任，上海工业设计协会常务理事等等；我还知道，他参与了上海世博会工程，担任建设指挥部办公室副总工程师……看到自己的老师取得如此多的成就，我作为曾经的学生，自然也是满心欢喜。因为名师出高徒，我当然希望自己也能够出自名匠，归于名师。

最近几年,由于微信的出现,人们的交往更加密切了,我与吴国欣老师也因为同在益阳美协的微信群,而变得往来频繁。常常,我们会在群里一起叙旧,聊起一些有关益阳和"工艺美大"的往事,每

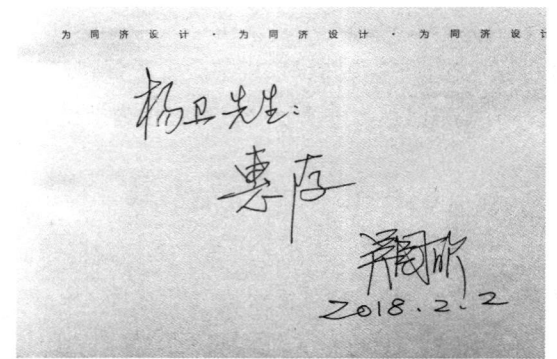

吴国欣教授赠杨卫的签名

每说到动情处,吴国欣老师都会激动不已,说益阳是他的第二故乡,"工艺美大"是他的再生之地……这不禁又勾起了我的乡愁,回忆起家乡,回想起自己在"美大"的点点滴滴,真希望时间能够倒流,能够重新回到那些青葱岁月,去感受阳光灿烂的日子,去聆听吴国欣老师的教诲……

吴国欣教授最新出版的著作

然而,时光流逝,终究不可能挽回。不久前,吴国欣老师给我打来电话,告知我他已经退休,准备为自己数十年的教学生涯做个纪念册,嘱我写点文字。这让我不禁又生感慨,回想过去,要写的东西实在太多了,不知从何下笔,只好挑拣一些零散的印象,拼成吴国欣老师的轮廓,以作纪念。顺祝吴国欣老师身体健康!

2018-3-27于北京通州

偷听"邓丽君"

1995年5月8日,远在泰国清迈度假的邓丽君,因哮喘病急性发作,凄然谢世,给那一年蒙上了一层悲伤的阴影。许多人都在撰文吊唁,以缅怀那甜美的歌喉与娇媚的身影。在众多哀悼声中,我读到一篇北大教授张颐武的文章。与许多的追忆方式不同,张颐武没有渲染邓丽君对那个时代的影响,而是从自身经验出发讲述了他早年是如何与邓丽君的声音相遇,并由此引起心灵的震荡,带来情感开悟的过程。其中提到他

砖头块录音机

最早听到邓丽君的歌声,是通过一台"砖头块"录音机的时候,极为相似的经验,让我突然感觉到了电击一般。同样是因为一台"砖头块"录音机,同样是由于邓丽君的歌声,砸向我记忆的深渊,将一个锁在我私人抽屉里的时代徐徐拉开,让我仿佛又回到了那个逝去的年代……

"东风吹,战鼓擂,现在世界上究竟谁怕谁?"……

我是在这样一类革命歌曲的烘托之下,出生于湖南境内的一个江边小城——益阳市。那时,正值"文化大革命"的高潮期,益阳也被革命浪潮所席卷,街头巷尾到处都洋溢着斗争的激情与革命的口号,仿佛整座城市就是一个红星照亮着的战场,随时准备去战斗,随时准备要燃烧。我在这样的环境中,伴着嘹亮的高音喇叭长大,从小就对喧嚣哗闹有着某种恐惧。上海学者朱学勤在研究法国思想家卢梭的时候,用过一个词,叫作"广场意识"。我想,这个词不仅只是对应了法国大革命前夜的卢梭,更可以涵盖我们这些20世纪60年代出生的中国孩子。的确,那个年代给我们带来了广场上的灿烂意向,但同时也为我们增加了某种无处避荫的焦炙感。

正是在这样一种烈日炎炎的焦躁中,一个偶然机会,我无意中邂逅了海峡那边的"邓丽君",闻到了一股清新的海风。说起这些,我似乎至今都还有着某种负罪感。因为那个声音来自"敌台",在当时是一个绝对的禁区。说来也是缘分,我最早接触到"邓丽君",恰巧是她离世前的二十年,也就是1975年,同样是在一个和风习习的春天。我已经忘了那天是因何缘故,反正是家里没有人,我独自待着感到十分冷清,便打开家里的收音机搜索节目。突然,我拨动的按钮穿过忽隐忽现的杂音,被一个清晰的频道吸住了,里面正缓缓传出一曲婉转而缠绵的歌声,就如同一把带螺旋的锥子,撬开了我紧锁的"抽屉"。顷刻间,整个世界都坍塌了,我不禁醉倒于其中……

多年以后,我读到唐人钱起的一首诗《锄药咏》,里面有一句"不随飞鸟缘枝去,如笑幽人出谷来",顿时便被"幽人出谷来"的意向所震住,这多么像我初次听到邓丽君歌声时的情形呀!在一个被意识形态隔绝的时空,幽暗处传来了绵绵情长。那是一种信息时代的人们难以体会的感觉,因为当时的禁锢,因为与外面的高音喇叭形成鲜明反差,使这个声音变得分外妖娆,也格外诱人。于是,我急切地想搞清楚这个声音的来历。通过播音小姐的介绍,我终于知道了这个柔媚的声音,出自一个名叫邓丽君的女孩,而这个节目则叫作《我要为你歌唱》。这是我第一次听到邓丽君这个名字,从此明白了"敌台"其实并不可怕,原来只是比我们这边甜美一些,柔媚一些,抑或温馨一些而已。于是,我便偷偷地记下了《我要为你歌唱》这个频道,也深深地记住了邓丽君小姐。

之后的很长时间,只要家里没有大人,我都会迫不及待地打开收音机,像打开自己隐蔽的抽屉,寻找着一些时间的秘密。不过,要找到这些秘密,并不容易。因为是"敌台",时刻受到监视,总有各种电波干扰,所以,我不得不反复寻找,不断地切换频道,才能找到最佳的收听效果,且声音还不能放大,必须关窗拉帘,小心翼翼。那情形真像是做贼一样,心虚得一塌糊涂。而只要家里有人,我就更加心虚了,断然不敢再去碰收音机。即便是收音机被家里人打开,我也是有意躲在一旁,佯装若无其事的样子。现在回忆起来,仍觉得好笑,还真有点

1970年代城市富裕家庭的标准配置,照片由杨卫收藏

此地无银三百两的意思。不过,虽然我偷听"敌台"的机会并不算多,且总是在慌里慌张、偷偷摸摸中进行,但里面的很多歌我现在还记得,尤其是《我要为你歌唱》的主题曲,我已是烂熟于心:

> 我要为你歌唱
> 唱出我心里的舒畅
> 只因你带给我希望带给我希望
>
> 我要为你歌唱
> 唱出我心里的悲伤
> 只因你离我去远方离我去远方
> ……

弗洛伊德研究过人的潜意识,认为最初的童年记忆,能够成为一个人心灵的避难所,挥之不去地影响其一生。对此,我深信不疑。我总想,假如我儿时没有受到远方的诱惑,不时地偷听"敌台",感受到邓丽君温婉的声音,我的理解力不会打开,或者说即使打开了,也是炽热如焰,不会有今天这么多款款深情,当然也就不会有如此之多的感慨万千了。也许,这就是宿命吧!幻想的抽屉,一旦被什么东西拉开,就一定会把这个东西装进去,小心翼翼地收藏起来。

邓丽君小姐,就是我儿时锁进抽屉里的秘密。每每回忆起来,都是萌萌哒,暖暖哒。

我可以把抽屉公然拉开,光天化日之下聆听"邓丽君",已经是改革开放以后的事了。还记得刚开放时那几年的社会变化,由上而下，突然像换了一个人间，其勃勃朝气，也深刻地波及我所生活的小城——益阳。随着一部美国电视连续剧《大西洋底下来的人》在电视上热映，益阳街上的不少年轻人，也戴上了以影片主人公名字命名的"麦克镜"，并脱去身上清一色的橄榄绿，换上了千奇百怪的喇叭裤和花衬衫。录音机作为一个新型的科技产品，也是在那个时候出现的。起先，益阳街上拥有录音机的家庭并不多，只是在很小范围被使用，且不是后来的立式机型，而是像张颐武描述的那样，形状酷似砖头，只能躺着播放。不知从何时起，我们家也弄了一台，据说，是为了给姐姐学习英语用的。不过，名为学习，实则已完全变成了我和姐姐听歌娱乐的工具。那时候，大陆尚未出现流行音乐，故此，大部分音乐都是靠境外走私，从私人渠道传播进来。而在这个传播过程中，被翻录次数最多的，无疑就属邓丽君的歌了。

后来，时代发展，录音机也开始更新换代，由原来"砖头块"换成了立座式，又由单卡变成双卡，并从一个喇叭扩成两个喇叭、四个喇叭，甚至更多喇叭。但不管如何变化，邓丽君的歌声，却一直陪伴着我。她的磁带也由刚开始的翻录复制，变成了正规出版，且新歌不断，越来越多，仿佛邓丽君有着唱不完的柔情蜜意，可以带给我无穷无尽的想象。我躁动的青春少年，被她的歌曲所抚慰，豪放不羁的意气中，多了一份婉约之情。

1983年，出现了中国保守势力的一次抬头。那年春夏，突然由上至下掀起了一场"反精神污染运动"，其矛头直指所谓资产阶级趣味，而邓丽君则首当其冲，成了"靡靡之音"的罪魁祸首。那是可怕的一年，我所在的益阳街上，有不少年轻人因为追求所谓资产阶级趣味而受到牵连，有的被处分，有的被拘役，有的被收容劳教，就连我这样一个在校的初中生,也未幸免于难。因为常听邓丽君的歌,我曾被当地派出所传唤,并通报到我当时所在的学校——益阳缝纫机厂子弟学校,受到学校的严厉处分。回想这些,真是不堪回首。

好在山高挡不住南来雁,墙高隔不住北来风。在改革开放的大背景下,"反精神污染"之风没刮多久,便戛然终止了。1983年过去之后,中国又迎来了一个新的阶段。"邓丽君"再也不是禁区了,而且随着更多港台歌曲的涌入,大陆自己的流行音乐,也慢慢开始兴起。在这个过程中,邓丽君本人虽然已经逐渐淡出歌坛,移居到了海外生活,但她在中国大陆的影响,却是与日俱增,几乎成了一个流行文化

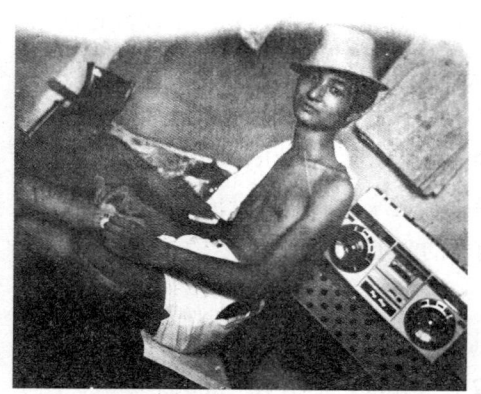

1980年代的杨卫与家里的双卡录音机

的标志,众望攸归。从老一代歌唱家李谷一开始,但凡能够在大陆流行起来的女声,或多或少都会吸取一些邓丽君的唱法,而像程琳、李玲玉,以及王菲等等,则基本上都是以翻唱邓丽君的老歌起家的,可见邓丽君当年在大陆的影响力。

据说,邓丽君曾一度有机会来大陆举办演唱会,而且某年的春节晚会,导演也试图邀请过她。可惜,阴差阳错,这些都未能成行,酿成了邓丽君的终生遗憾。1995年5月8日,淡出歌坛多年后的邓丽君,与法国小男友一起在泰国度假,因哮喘病发作猝死于清迈,时年42岁。

邓丽君逝世时，我早已离开家乡益阳，到了北京发展。她的噩耗，还是艺术家徐一晖告诉我的，我当时简直不敢相信，总以为只是一个误传。因为邓丽君在我心中早就抹去了生死和年龄，似乎永远定格在了甜美的少女时期，我无法想象她会老去，更想不到她还会死。然而，邓丽君逝世的消息，很快便得到了一些主流媒体的确认，甚至国内的《新闻联播》也极为罕见地报道这个事实，各种悼念文章如雪片般飞来。我痛苦万分，感到一丝凉意沁入记忆的抽屉，夺走了我收藏多年的那份温情。

自此，我添了一个遗憾。遗憾这一生，对于邓丽君，只能闻其声，却不能见其人。

2008年，我受高雄琢璞艺术中心之邀，在台湾策划一个大陆的当代艺术展，得以有机会在宝岛逗留多日。为了弥补自己心中的遗憾，展览期间，我们一行还专门去了一趟邓丽君的墓园凭吊。

杨卫收藏的1983年版《怎样鉴别黄色歌曲》一书

那是位于台湾台北市金山区一个叫金宝山的公墓园，背山面海，风景宜人。邓丽君的墓园就坐落在公墓内，但与旁边其他墓园相隔，幽静独立，自成一体。墓园占地面积大约有200平方米，是以邓丽君原名邓丽筠的"筠"字命名，名曰"筠园"。据说，筠园是由前清华大学建筑系主任奚树祥设计的，充分利用了当地的地形，也融入了许多音乐的元素。我印象最深的是以黑色大理石凿成的巨大棺盖，上面雕刻着粉白色的玫瑰花环，棺盖正面还镶嵌有一张邓丽君生前的彩色照片，既肃穆又让人感到温馨。此外，就是利用科技手段建造的一排巨型琴键，嵌入筠园之中，像一架巨大的钢琴埋在地下，里面还终日飘送着邓丽君的歌声。那旋律宛转悠扬，从隐蔽的地底下缓缓溢出，近在耳旁，却又恍如隔世。这让我不由得又回到自己的记忆中，想到了儿时在益阳偷听"敌台"的年代，想起了婉约柔媚的邓丽君小姐……

邓丽君，1953年1月29日出生于台湾地区云林县褒忠乡田洋村，父亲叫邓枢，是1949年随国民党撤退到台湾的老兵，原籍河北，母亲则是山东人。邓丽君在家排行老四，上有三个兄长，下有一个弟弟。邓丽君原名邓丽筠，是父亲以"美丽的竹子"之意，为女儿取的名字，但由于后来多数人都将"筠"字误念为"君"，所以就顺口改"邓丽君"为艺名了。

儿时的邓丽君，一直是生活在台湾的眷村。所谓眷村，是1949年后专为从大陆退守到台湾的国民党军及其眷属兴建的房舍，有点像现在大陆的城中村和移民村。总之，与本地原居民隔着语言和习惯，相对比较独立，居住也不是很稳定。儿时的邓丽君，就随家经历了多次迁徙。大概在她出生后6个月，他们家迁到了台东县，1954年又搬到了屏东机场附近，至1959年才落户在台北县芦洲……这种流离辗转的生活，使得邓丽君也跟她的父母一样，从小就感受到了某种无处还乡的失落，故而，对乡愁有着更深的理解。大概这是邓丽君后来能够将她的歌曲演绎成温柔乡，直抵人们心底最柔软处的原因吧。

事实上，邓丽君的音乐启蒙，就是从眷村开始的。因为那里是中国的一个缩影，集中了天南地北的各种方言和民谣小调、俚歌俗曲等等。所以，受到这种氛围的熏陶，邓丽君也获得了丰富的艺术资源，并由此奠定了日后的音乐基调。即以旧时上海滩的流行音乐为源，吸收了戏曲、民谣等元素，浑然而成的一种婉约之音。不过，早先的台湾，国民党尚未站稳脚跟，眷村之外基本上还是闽南语的天下。故此，儿时的邓丽君仍然有着强烈的"外省人意识"。直到20世纪60年代初，国民党在台湾推行的国语运动初见成效，岛内也陆续出现了一些国语流行歌手，并引发了民众对国语的兴趣，才使得邓丽君一口流利的国语变成了优势，从而有了她日后脱颖而出的机会。

1961年，邓丽君正式拜师学艺；1963年，她首次参加"中华电台"举办的黄梅调歌曲比赛，以一首《访英台》一举夺魁；1966年，她参加金马奖唱片公司的歌唱比赛，又以一首《采红菱》再次夺冠。自此，邓丽君休学从艺，正式踏入歌坛，先是走红岛内，继而受到港人的追捧，后来又风靡东南亚，再后来是名扬日本，最后又在大陆掀起了经久不衰的热潮……若干年间，邓丽君演唱了数百首歌曲，也举办了无数场的演唱会，无论是歌曲数量和质量，以及受欢迎的程度，恐怕华人世界无人能及。可以说，全世界只要有华人的地方，必有邓丽君的声音。她几乎成了温柔乡的代名词，维系着无数游子的灵魂，也将许多人内心的压抑释放了出来，名副其实地赢得了十亿人的掌声。

这无疑是一个罕见的文化现象，在中国流行音乐史上，可以说是前无古人，恐怕也是后无来者了。现在有些年轻人不太理解，认为邓丽君的歌词过于简单，音乐也很简陋，怎么会如此受人青睐、魅力四射呢？这是不了解那个时代，也没有真正听懂邓丽君。事实上，邓丽君是时代的产物，与20世纪中国的命运休戚相关。所谓"时势造英雄，英雄亦适时"，不仅只是适应于气贯长虹的英勇壮士，也同样适宜于邓丽君和她甜美的歌声。

首先，邓丽君出道在台湾。1949年以后的台湾，随着国民党撤退于此，迁入了大批的外省移民。这些人大都经历了流离失散之痛，所以，需要有一种心理上的安慰，来抚平这种"日暮乡关何处是"的失落与煎熬。从更大范围看，20世纪的中国，经历了无数战争的苦难，百废待兴，一切似乎都是在废墟之上重建。正所谓国破山河在，城春草木深。故国不堪回首，就更要有精神的温柔乡来慰藉了。这是台湾乡愁文学崛起的背景，也是邓丽君流行的原因。事实上，邓丽君不是一个孤立现象，在她之前和之后，台湾的文学艺术，对乡愁这个主题的表达，出现了许许多多的代表作。比如林海音的小说《城南旧事》，余光中的诗歌《乡愁》，以及白先勇的一系小说和戏剧等等。只不过邓丽君是用歌曲来演绎，加之声音甜美，感情真挚，就更有传播力和穿透力，也就更加深入人心了。

其次，是针对海外华人。应该说，相比过去而言，20世纪是中国人侨居海外最多的时期。这当然有战争的原因，烽火遍地，自然不宜安居。与此同时，由于视域的开放，使中国人看到了外面世界的精彩。于是，便纷纷漂洋过海，去往了世界各地谋生计。可是，身在异乡为异客，每个人实际上都成了一座精神的孤岛。故而，也特别渴望闻到某种乡音，来驱散漂泊的孤寂与焦虑。而邓丽君那字正腔圆的音韵，恰好能够引起共鸣。再加之她的歌曲借鉴了许多旧上海流行音乐的元素，也吸取了某些民间小调。所以，更容易引人入胜，让不同的中国人都能够回味其中。

最后，就是在大陆的流行，这也是最为戏剧性的反差。如果说邓丽君的歌曲在港台和海外华人世界，是起到了维系乡愁的精神纽带作用，那么，她在大陆很长一段时间，却是构成了某种心灵放飞与思想解放的诱因。这是一个很有意思的错位，也折射出了不同的意识形态。正如我儿时因为偷听邓丽君，禁锢的意识得以打开，以及改革开放之初，邓丽君在满目萧瑟的现实世界掀起了情感的波澜一栏。诸如此

杨卫在台湾邓丽君墓前，摄于2008年

类，都使得邓丽君的温婉之声，转换成了某种坚韧之力，注入中国社会的开放进程中，促进了我们对人性的理解，以及对美好事物的无限憧憬……

但无论作为是温柔乡，还是成为万花筒，邓丽君都以她的温柔气质和婉转歌喉，征服了庞大的华人世界，成为一个时代的集体记忆。可惜，两岸猿声啼不住，轻舟已过万重山。邓丽君这个错落凡尘的仙女，终于没有在动荡的尘世逗留太久，刚入中年，便香消玉陨了。这让无数的中国人备感失落，更令我悲痛不已。是的，我记忆的抽屉，曾被她拉开，而今斯人已逝，我的抽屉又为谁而藏呢？想到这些，我

黯然神伤，不禁又回到了遥远的过去，想起了邓丽君的那首经典老歌《何日君再来》。还是以此打住自己的惆怅吧：

  好花不常开
  好景不常在
  愁堆解笑眉
  泪洒相思带

  今宵离别后
  何日君再来
  ……

邓丽君走了，不可能再回来。她带走了一个时代，也带走了某种情怀。在邓丽君身后，我看到中国人的集体记忆，正在网络世界的飞速运转，以及现代化建设的轰隆声中渐渐消散。所有游子们的故乡，似乎都已经沉沦，再难有情感的慰藉与温暖的填充。

2015-2-21 于通州
2018-1-28 改于通州

益阳剧院

我这里要说的益阳剧院,包含了两个话题:一个话题说的就是这个地方——位于湖南省益阳市桃花仑的益阳剧院;另一个话题则是借题发挥,以此来追溯益阳影剧院的历史,以及我和这些影剧院之间发生的种种关系。其实,这是我生拉硬扯出来的一个话题,但由于这个话题关乎我的成长记忆,也贯穿着益阳的现代历史变迁,因此,还是很值得挖掘。

说起益阳的影剧院,在过去物资贫瘠、生活单调的年代,几乎是益阳人唯一的娱乐场所。因此,影剧院的位置往往都是居于闹市中心,也是最聚人气的地方。由于我出生于当年益阳市最为繁华的街区——大码头临兴街,自幼在位于临兴街的老人民

20世纪六七十年代中国剧院的标准建筑,张继军绘画

电影院附近长大，又因为母亲是个电影"发烧友"，在我很小的时候就常带我去各个影剧院看戏、看电影，所以，影剧院充盈着我的童年记忆，构成我最早认识世界的渠道，也由此塑造了我的基本性格。我想，我后来之所以喜欢画画，再后来又迷恋于文字工作，大概都跟我很小的时候就被荧屏和舞台打开了想象力有着千丝万缕的关系吧。

其实，我住在益阳市临兴街时年龄还非常小，所以，那时候的印象都很朦胧，根本记不清母亲都带我去看过一些什么戏和电影了，但是，我对影剧院里面的印象却尤为深刻。或许是我儿时喜欢热闹吧，影剧院里人头涌动的气氛早已植根于我的记忆深处，构成了我童年的欢乐园与庇护所，以至于今天回忆起来仍然觉得无比温暖。

那时候的影剧院，基本是从过去的老戏院沿袭而来，远没有后来的影剧院那么雄伟和气派。在我印象中，益阳老街上的影剧院，其建筑大都是砖木混合结构，虽然有的外墙用砖和麻石做了翻新，但室内仍然还很陈旧，木制的扶手和地板被人反复踩踏与抚摸，经年累月，早已脱去表面的油漆，显得斑斑驳驳，甚至有的地板已经损坏，人走在上面"咔吱咔吱"，就像是踩在损坏的钢琴键盘上，发出满地的杂音；还有一个印象就是电影散场之后，人去楼空，影剧院里的地上总是会残留下许多废弃物，有烟头、烟盒、废纸、瓜子壳、花生皮等等之类，一片狼藉。

益阳收藏家杨国香先生收藏的益阳人民电影院老照片

我小时候就曾在影剧院里看过工作人员打扫卫生，极为粗疏。他们用巨大的笤帚，沿着阶梯一层一层地扫下去，基本只是扫除了表面的垃圾，那些落入地板缝隙中的残留物，仍纹丝不动地夹在那里，根本无法清除，有的一待便是多年……常常，我走进电影院时会不经意间发现这些过去的残留物，它们勾起我对岁月流逝的想象，幼小的心灵深处不禁又添了几缕惆怅……当然，这些都是太久远的记忆了，我现在除了记得这点心理感受，对于当年在益阳老街上去过的影剧院早已模糊不清。

正是为了弥补记忆的漏洞，我后来有意识地收集了不少益阳的老文献，其中也包括影剧院沿革的老材料，通过查找这些材料，我才了解到益阳影剧院的历史变迁，由此，我儿时去过的那几家影剧院也随之越来越具体起来。

关于益阳的戏院最早始于何时现已无从可考，但是，影剧院出现，则有着明确的记载。民国十七年，也就是1928年，位于益阳向家码头的"宝聚通钱庄"（又名彭公馆），从上海购得放映机和影片，开始在自己的钱庄放映，这大概就是益阳影剧院的雏形与滥觞吧。不过，此时彭公馆放映的电影并不对外售票，而只是供庄内人员观赏。民国十八年（1929年）八月十二日，益阳第一座对外售票的影院——资江电影院正式建立开放，这标志着益阳影剧院的历史由此拉开了帷幕。

据民国十八年八月十八日湖南《大公报》载："各县通讯：益阳设电影院。县府科长周之勉等，为提倡娱乐起见，集资在二堡新舞台旧址创办资江电影院,业于昨十二日开演。各机关法团,普送入场券,观者人山人海,甚为拥挤云。"通过这份文献资料,我从中获得信息,知道了资江电影院的确切位置,就在益阳老街的上首——二堡,为老戏院"新舞台"改造而成。

自资江电影院首创之后,益阳的"三民电影院"(民国二十四年)、"银波电影院"(民国二十七年)、益阳社会服务处"民众电影社"(民国二十七年)即后来的"民众电影院""星明电影院"(民国三十五年)、"群乐电影院"(民国三十五年)、"青年剧社"露天场(民国三十五年)、"霞光电影院"等相继建立,又先后歇业。

益阳第一次放映有声黑白电影是民国二十五年(1936年)。当时,有人租了"五之园"戏院(今益阳市古道街),开设"亚新有声电影院",专门放映有声黑白电影。同年十二月,该影院歇业,民国二十六年(1937年)转租给"新舞台"继续放映,但因卢沟桥事变,影院改成伤兵医院,也于同年冬季停映。此后,战事吃紧,益阳的娱乐业大都歇业暂停。虽然在此期间,曾有黄姓的上海人和戴姓的南京人携35毫米手摇放映机来益阳,在万寿宫、临兴馆等地放映电影,但均属临时行为。

益阳古时的文昌阁,后被改为益阳县剧院。照片翻拍自杨卫收藏的旧资料

民国三十四年（1945年）十月，有梁姓一家从湘西流浪到益阳，继续租"五之园"戏院放电影，却因观众寥寥难维生计，只好也转成流动放映，辗转于益阳兰溪、沅江中山堂、草尾、南县三仙湖和汉寿、常德等地，至民国三十六年（1947年）初才回到益阳。之后，他们与"民众电影院""五之园"戏院签订了放映合同，同时也在鹅羊池边上的张姓和罗姓两家大院里放映，自

2017年春节前杨卫重访被废弃的文昌阁

此。益阳城区内的电影放映又有了几个固定点……以上种种，是民国时期益阳民办影剧院的大致发展情况。当然，期间还有一些官办的电影放映活动，比如"湖南省电化教育巡回队"就常来益阳放映各种宣教题材的电影，不过他们没有固定的影院，也没有稳定的放映点，基本都是流动性行为。

1949年8月3日，益阳和平解放。同年11月，益阳金星电影院在临兴街成立，益阳军分区也入了股份。次年，金星电影院被公家没收，交由几名转业军人管理，经过一系列调整之后，更名为益阳市人民电影院。这是益阳城区最早出现的国营电影院，我就是出生于它的附近，因此，对影剧院的最初印象都与人民电影院有关。不过，我出生时正值"文革"期间，娱乐活动均已取消，代之而起是"样板戏"的流行，所以，我记忆中最早的电影镜头与舞台场景，大都是千篇一律的"样板戏"。直到"9·13"事件后，"文革"出现转折，从阶级

斗争逐渐回到生产恢复，影剧院才又开始零星地放映一些其他故事片。而此时，母亲带我去得最多的影院，则改成了大庆剧院。

　　大庆剧院位于益阳老城区的福星街，它始建于何时我不太清楚，查阅资料，也没有相关记载，但看名字，我猜想它应该与1959年国庆十周年有关，属"大跃进"时期的产物。相比人民电影院而言，大庆剧院当然是后起之秀，因此，它比人民电影院要新，放映的电影也要新不少，也许，这正是母亲后来喜欢带我去大庆剧院的缘故吧。其实，大庆剧院离我们家也不算太远，因为福星街与临兴街本就首尾相连，所以，我们去这两个影院都很方便。

　　我现在还记得，当年母亲跟大庆剧院的工作人员基本上都很熟悉，每次去看电影，免不了要上上下下打一遍招呼。其中，有位负责人是年龄偏大的妇女，我还管她叫"翁妈"（奶奶），她不仅常给我们赠送电影票，而且还邀我们到她家吃过饭……由此可见，母亲酷爱电影的程度都快把影剧院当自己家了。当然，这也是小城市的特点，大家生活在一条老街上，相距不远，也就很容易彼此结谊。后来，我每每听到邓丽君演唱的歌曲《小城故事》时，总会被其中那句"小城故事多，充满喜和乐"而勾起童年的生活记忆。确实，那时候的益阳老城，十五里麻石街（我儿时大都已改造成柏油路，只保留了部分麻石街），市井繁华，热热闹闹，充满了融融暖意。

　　回忆起来，除了大庆剧院，我还曾跟母亲一起去过益阳县剧院。那是坐落在老城区学门口的一家影剧院，由古益阳的文昌阁改造而成，同样为砖木结构，古色古香。不过，由于县剧院离我们家较远，我跟母亲去的次数不是很多，印象也并不深刻。此外，我恍惚记得，益阳老城区当年放映电影的场所，还有益阳市工人文化宫、益阳市上游电影院等等，但是，我现在只能喊出这些影剧院的名字了，对于其建筑和位置已全然没有了印象。1975年，益阳资江大桥修通后，我们家由资江北岸迁至南岸，自此，我便离开了益阳的老街区，于新城区的桃花仑长大，在这里读书，在这里步入社会，直到从这里离开益阳。我更深层次地与益阳的影剧院发生关系，其实，还是从这个时候开始的。

我记得我们家刚搬到桃花仑时，整个南城还没有一家专门的影剧院，大都是露天电影，由放映队到各单位轮流放映。唯一一个相对固定，可以对外营业的放映场所，是位于大渡口益阳市茶厂对面的地区大会堂。那本是地区政府用来开大会的地方，但由于开会所占的时间不多，平时便腾出来用于放映商业电影。1975年，我在益阳地区缝纫机厂子弟学校发蒙读书，于次年春转入大渡口小学，该校离地区大会堂很近，所以，每次学校组织学生看电影都会选择在这里。我还记得，当时由学校组织看过的电影有《春苗》（1975年）、《决裂》（1975年）、《海霞》（1975年），以及《闪闪的红星》（1974年）等等。此外，1976年秋，毛泽东逝世，大渡口小学组织我们召开追悼会，也是选择的这个大会堂。至今回忆起来，我仍有某种窒息感，被那种悲怆的气氛压得有点喘不过气来……

大概是受了追悼会的刺激，后来我再也没有主动去大会堂看过电影，而中国社会也随着毛泽东逝世发生了一系列翻天覆地的变化。首先是粉碎"四人帮"，之后又是"拨乱反正"，再之后便是改革开放拉开了帷幕。在这个过程中，过去被禁锢的种种娱乐活动也得以逐渐恢复，电影便是一马当先。随着"八个样板戏"一统天下的局面被打破,不仅外来故事片接踵而来,国产新电影也层出不穷地涌现了,它们洗涤着陈旧的世风,带来了欣欣向荣的景象。益阳剧院、秀峰剧院,以及赫山电影院等现代影剧院的出现就是应时所需,在这一时期由益阳地方政府筹资兴建的。

秀峰剧院和赫山电影院的竣工时间我已经记不清了,只记得它们与益阳剧院属于同时期,而益阳剧院建成开业的时间我却记得非常具体,是1981年7月1日,因为那天我们作为迎宾学生参与了开业典礼与"庆党60周年"文艺晚会。

益阳剧院是益阳辖区内第一家甲级剧院,兼有舞台演出和电影放映功能,不仅建筑现代,设施也完备齐全。因为它的位置在桃花仑原益阳地区招待一所对面,离我们住的地区邮电局家属院直线距离仅有百步之遥,所以益阳剧院落成之后,我便以它作为玩耍的据点,在此度过了许多美好的时光,也演绎了不少荒唐的事件。

杨卫收藏的1980年代一群少女在剧院门口的照片

其实,在这些影剧院尚未出现之前,于益阳南城这边看电影还有一个过渡性场所,那就是益阳地委机关礼堂。它的出现比益阳剧院、秀峰剧院和赫山电影院都要早,大概是建于粉碎"四人帮"前后。本来它是地委机关用来举办庆典的礼堂,但因为使用率不高,故而平时也拿出来放映商业电影，而益阳地委就在我们邮电局家属院对面，穿过一条马路便是其机关礼堂，所以，它也就成了我们这些顽皮少年曾经的扎堆之处。我现在还记得，我在益阳地委礼堂看过的电影有国产影片《小花》（1979年）、《甜蜜的事业》（1979年）、《瞧这一家子》（1979年）、《庐山恋》（1980年），以及外来影片《生死搏斗》（香港）、《流浪者》（印度）、《佐罗》（法国）、《追捕》（日本）、《望乡》（日本）、《人证》（日本）等等，其影片内容和影片质量都已经跟过去的电影有着天壤之别了。

回到益阳剧院，1981年刚落成时也并非益阳南城的娱乐地标。因为自1975年资江大桥修通后，益阳的闹市中心便集中在了桥南和桥北两头，而秀峰剧院就坐落在桥南，与益阳长途汽车站毗邻，是当时益阳南城最为繁华的地段。不仅如此，它在剧院落成的同时，还在旁边建造了一个旱冰场，这更是受到年轻人的青睐，因而，秀峰剧院一度成了益阳南城最聚人气的地方。

说起益阳的旱冰场，在刚刚改革开放之时可是益阳最为时兴的娱乐活动。大概是因为此前的社会禁锢，将年轻人压抑时间太久了，所以，旱冰场的出现，让益阳街上的不少社会青年蠢蠢欲动了起来。而此时，由于社会转型，尚未提供给更多年轻人就业机会，于是，有的年轻人无所事事，也就把滑旱冰当作释放自己青春热血，甚至发泄自己不满情绪的方式了。

当时，益阳街上有两个旱冰场，一个位于老城区的益阳市体育场；一个则是桥南的秀峰旱冰场。体育场的旱冰场，集中了老城区的不少流氓阿飞，他们在那里扎堆，寻衅滋事，早就发生过诸如"西婆子"拿刀捅死人等多起恶性事件。同样，秀峰旱冰场也是一块是非之地，是南城社会青年的打斗场。20世纪80年代初，我入大渡口中学读书，结识了一些社会上的不良青年，并随他们多次去秀峰旱冰场玩耍，目睹了那里的乱象。那时，旱冰场周围到处都是三五成群的"年轻哥哥"，他们聚在一起抢军帽、打群架，个个都不可一世。我曾经还翻过不少熟人斜挎的军包，发现里面均藏有一把"杀猪刀"……至今回想起来，仍然心有余悸。

好在1983年的"严打"，在一定程度上遏制了这种社会乱象，使某些专横跋扈的行为得到了某种收敛，至少不敢明目张胆地携带"杀猪刀"上街了。这之后，娱乐活动也变得丰富而多元起来，随着旱冰热逐渐降温，代之而起的是台球、录像等新的娱乐方式出现。益阳剧院正是以此为契机顺势而为，在放映电影的同时又陆续开设了录像、台球，以及电子游戏等娱乐项目，因此很快便把年轻人吸引过来，将益阳剧院慢慢打造成了南城的娱乐中心。而我，正是从这个时候，与益阳剧院结下不解之缘的。

1984年秋，我从益阳地区缝纫机厂子弟学校退学，流向社会，最早就是在益阳剧院一带玩耍。那时候，我们邮电局家属院有几个同龄人，如"水牛婆"、吴志等也相继辍学。于是，我们很快便结成一伙，以益阳剧院为据点，开始了浪荡街头的生涯，还记得我们曾在益阳剧院干过许许多多荒唐事，不由感叹：岁月匆匆一去不返，往事如烟不堪回首！

那时，在益阳剧院门口游荡着不少无所事事的闲散青少年，其中还分了好几派势力，最厉害的一派出自"二工区"和茶厂的联盟，以

"三鳖""小四鳖""黄毛狗"、卫敏、卫强等人为代表。当然，我们彼此也很熟悉，毕竟都是在桃花仑一带长大，低头不见抬头见，虽然不属一个圈子，但基本上是井水不犯河水。我刚从学校出来，初涉社会，就是在这样熟脸一堆的状态下，于益阳剧院混迹了一段时间，直到有一天，我与大渡口的"四毛"发生冲突，这种融洽局面才被彻底打破。

事情起因于我与"四毛"之间的一场口角，当时，他和他的同伙还动手打了我，我当然不可能就此罢休，于是，便约好"四毛"打群架，从北岸的老街区搬来援兵之后又将他凑了一通……这是事情的大致情况，与少年热血、街头争霸有关。然而，由于"四毛"背后有"小四鳖"等人撑腰，因此，我也就间接地得罪了"二工区"和茶厂的街头势力。这是我后来不得不疏离益阳剧院，舍近求远，跑到更远的赫山剧院等地方去玩的原因。正是在赫山剧院那一带，我结交了一批"死党"，并共同演绎了更多的荒诞事件……但这些都是后话了，与少不谙事有关。

不过，虽然我后来很少再到益阳剧院玩，但因为它是我初涉社会的起点，又因为它就坐落在我家门口，我见证了它的兴衰，所以，说起益阳影剧院的历史，益阳剧院仍是我最深的记忆。对了，我情窦初

杨卫收藏的益阳剧院照片，摄于1983年左右

开时,第一次约女孩子出来看电影,就是在益阳剧院。现在,我已经想不起那个女孩的名字了,但却记得约她看过的那部电影,名字叫《一盘没有下完的棋》。真是一个带有谶语色彩的名字,仿佛预示了我后来的人生,无论走到哪里,走得多远,都脱不开故乡益阳的牵绊,也永远忘不了益阳的那些影剧院曾经带给我的影响与启迪……

2017年初,我回故乡主持一个艺术活动,其间受益阳知名画家贵仁杰先生之邀去他的工作室参观,没想到他的工作室就在益阳剧院的原址,不过那里早已被开发成商业大楼面目全非了。我置身其中,搜寻着自己的过去,不禁感慨万千:故地仍可重游,但往事已剩追忆,再无觅处的,不只是旧的踪迹,还有自己那颗激扬的少年心……

我想,我应该把这一切消失都记下来。这便是我写作此文的冲动!

2018-2-19 于通州

我的街头生涯

少年叛逆,喜欢追求刺激,浪荡街头,不仅有青春荷尔蒙的作用,也有社会环境的影响与塑造。我出生于"文革"期间的湖南省益阳市,在"不爱红装爱武装"的时代氛围下长大,成年后又赶上国门开放,外来文化一拥而入,仿如春风般解放了人的意识,也带来了许多新鲜刺激。这一紧一松、一新一旧的转折之间,

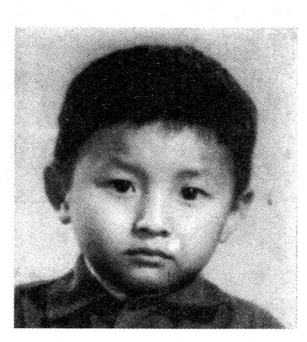

学龄前的杨卫

不仅塑造了我们这代人的双层复杂性格,也给我们提供了一个自由喘息的真空。从而使我们能够借助于这个真空地带,在既不受先前阶级斗争的困扰,又没有后来经济压力的时代缝隙中,得以混迹于社会,浪荡于街头。

说起我的街头生涯,其实,并不彻底,而是若即若离,断断续续。期间,我不仅辗转多个学校,时断时续,一直没有停止过读书;而且还拜师学艺,掌握了一门绘画的专业技能,并多次赴外地参加艺考,以至于最终考上了大学。总之,我虽然不时地混迹于街头,但

是，却并未完全堕落，沦为失足少年和社会流氓。说起这些，当然还要感谢我的父母，正是因为他们对我的严教与善导，比如不允许我在外面过夜留宿，同时鼓励我学画等等，才使得我没有彻底流落于社会，失足于人事，从而有了自己的兴趣与爱好。回过来看，我能走到今天，或许是命运的安排；但更为重要的，还是家教的影响。

杨卫收藏的一张乡村老照片，景色与杨卫儿时生活过的益阳县天成垸几乎一模一样

不过，尽管那时候我受父母的管制，"打流"（益阳话的在社会上混）并不彻底。但是，无论是读书期间，还是学画之余，却一直没有中断过与外界的联系，经历了许多风风雨雨。

后来，有一段时间，由于父母都要忙于工作，他们便把我放到了母亲的乡下老家——益阳县天成垸的一户曹姓远亲家里寄养。那是我终生难忘的幼年经历，与父亲下放益阳地区桃江县时，带我一起到农村生活的经验，共同汇聚成了一段珍贵的乡村记忆。

20世纪70年代的中国乡村，尚处在一个极为原始的状态，虽然还没有电灯，也无自来水，但却自然天成，野趣横生。我所生活的天成垸，位于资江下游，洞庭滨湖之南，乃是由资水冲刷之泥，淤积而成的一个滩洲，依山傍水，阡陌纵横，绿树成荫，鸡犬相闻，可谓美不胜收。我沉浸于天成垸的乡野之间，无忧无虑地玩耍，同时，也跟乡下的许多野孩子一起，学会了不少生存技能，比如掏鸟蛋、抓青蛙、捞虾捕鱼等等。那时,乡下孩子们对我羡慕有加,甚至言听计从。

德国精神分析学家弗洛伊德将一个人的人格形成,追溯到童年的环境和遭遇,提出了"童年创伤"理论。我不知道,我生于"文革"期间,自小叛逆,落拓不羁,是不是属于童年创伤?但这些时代因素和社会心理,确实在某种程度上影响了我的兴趣与爱好。

说来惭愧,光是小学,我就读了四所。如果抛开在山东老家短暂读了几天的一所乡村小学,单在湖南益阳市读过的小学,就有三所之多,她们分别是原益阳缝纫机厂子弟小学、原益阳市大渡口小学和益阳市桃花仑小学。

我仍然记得,当年的一系列社会变化,大概是从1978年底开始的:首先,是一些风格和内容迥异的进口电影、电视剧,以及港台流行歌曲等等开始陆续涌入,它们洗涤着保守、陈旧的世风,带来了一场思想观念的大地震;其次,一些被"文革"禁锢的老图书,如《水浒传》《岳飞传》《杨家将》《三国演义》《隋唐演义》,以及《三侠五义》等等,也如雨后春笋,骤然间浮出水

杨卫(二排右一)和余勇(前排左一)等当年大渡口中学的男同学们于1989年聚会时合影

面,给热血沸腾的青少年们,带来了武侠的憧憬与英雄的幻想。

我还记得,当时有两部电视连续剧对青少年造成的影响:一部是1980年热播的美国电视剧《加里森敢死队》;一部是1981年热播的国产电视剧《虾球传》。这两部电视连续剧当时风靡街头巷尾的程度,可以用万人空巷来形容。《加里森敢死队》讲述的是美国陆军中尉加里森,与他从监狱中选拔出的一批由流氓、小偷、强盗、杀人犯等囚徒组成的敢死队,在第二次世界大战末期去欧洲执行任务的故事,其中有个叫"酋长"的队员,所使用的飞刀绝技,曾引来无数青少年的效仿,以至于最终迫使该片不得不中途停播;而《虾球传》则是以1947年战后的香港为背景,讲述了一个自小生活在香港贫民区的小混混——虾球,是如何从街头少年,成长为革命战士的故事。他的流浪经历,曲折离奇,跌宕起伏,也曾引无数青少年向往,尤其是成方圆演唱的片头曲《游子吟》,让人浮想联翩……

而后,我所就读的大渡口中学,是一所由小学改制而成的初级中学,集中了不少其他学校刷下来的劣等生。因此,学校风气不怎么好,不仅打架斗殴时有发生,而且早恋现象也弥漫着整个校园。

我入大渡口中学读书,时间是1982年。此时的中国已步入改革开放的进程,经过"拨乱反正"之后,许多"文革"的错误得到了纠正,其中有一个重要的纠正措施,就是取消城市青年"下放"的政策。这是与恢复高考齐头并进的改革之举,曾深刻地影响了中国社会,也刷新了城市的风气和面貌。不过,政策虽好,但并不是所有人都可以享受到,毕竟高考是一道难以逾越的门槛,能够顺利地进入大学读书,属于凤毛麟角,对于多数年轻人,只能是望尘莫及。而当时的中国还很少出现自谋职业，基本上都是被国有企业所垄断，实行的是全民所有制与集体所有制。这是改革初期的时代局限，受此局限，许多从农村回来和从学校出来的城市青年，找不到合适工作，也就只好滞留在社会上，成了闲散的"待业青年"。

1986年，从益阳市第一职业中学弃学后的杨卫，常在街上游荡

回溯起来，当时中国的社会治安不太好，与许多年轻人流落到社会上，找不到就业机会有着千丝万缕的关系。青年人是早上八九点钟的太阳，身上有着沸腾的热情与燃烧的热血，如果社会不能提供给他们释放的出口，那么，他们就会自寻出路。

这引起了我父母的极大担忧，他们担心我在大渡口中学变坏，沦落为"街混子"，于是，便决定对我实行一系列拯救计划。

1983年初，父母把我转学到了益阳乡下的张家塞中学，后又远送至父亲的老家——山东泰安，因为待我转了一大圈，从山东老家再回到益阳时，已是1983年夏，从山东回到益阳之后，我转到了母亲的单位——益阳地区缝纫机厂子弟学校读书。这是父母为了继续拯救我，想出来的一种权宜之计。因为益阳缝纫机厂子弟学校设在郊区，远离城市，而且母亲在那里上班，可以陪我出行，所以，父母把我转入该校读书，以为换个新的环境，就可以让我远离社会上的乌烟瘴气。然而，情况并非他们所设想，也不受他们的控制。由于我小学曾在益阳缝纫机厂子弟学校读过书，熟悉和认识这里的许多调皮生，所以，我再入该校，又与他们旧雨重逢，很快便打成一片了。

当然，我的父母并不知道这些，他们还以为我们学校远离了城区，也就远离了污染。他们这样单纯地想着，也很单纯地答应了我的不少要求，比如因为上学的距离太远，而给我增加零花钱以补贴路费等等。

后来，为了弥补这个距离带来的不便，我的父母还专门给买了一辆自行车。却不曾想，我有了自行车以后，更是如虎添翼了，以至于自此以后，每次放学我都会利用回家的这个时间差，骑着自行车到街上去兜一圈……

1983年夏，从山东老家刚回益阳的杨卫

说起大码头，那时候可是益阳的城市中心。其实，大码头的历史并不长，相对古城益阳而言，它也算是一片新区。之所以后来居上，大码头能够取代学门口、南门口和东门口等老街区，成为近代益阳的商业中心，主要是得益于明清之际资江水运与木业的繁荣。作为过去资江最为重要的转运中心，大码头以其开放和包容的姿态迎来送往，不仅召唤了许多南来北往的商人来此进行贸易，也吸引了资江上游的不少"宝古佬"（即娄邵地区的人,古时的邵阳名为宝庆府,故而益阳人笼统称资江上游人为"宝古佬")于此定居。所以,大码头实际上是一个移民区。这些从外地移居于此的"宝古佬",并未褪去山民的本色,性格倔强,英勇尚武。他们的到来,不仅为益阳这座古城注入了竞争力,也留下了争强好胜的传统。大码头的"大"字,就充分体现了这点。一个弹丸小城的码头,竟敢妄自称大,可见,其目空四海、不可一世的程度。

1984年秋,在我经过多次抗争,甚至以死相挟之后,父母百般无奈,只好默许了我的弃学请求。但是,他们给我出了一个交换条件,那就是我必须沿着自己的兴趣,离校之后去学画。我当然也满口应许了,在我当时看来,只要不去学校读书,什么条件都可以接受,何况画画是我从小就有的爱好。所以,我欣然答应,也就以到外面拜师学艺为名,离开了益阳地区缝纫机厂子弟学校。

杨卫收藏的1980年代益阳市桥南汽车站的照片

这之后,我确实曾去益阳市文化馆举办的美术班参加过培训,也曾拜后来担任过益阳地区美术家协会主席的廖正华,以及湖南工艺美术职工大学的教授贵体侃等人为师。但这基本上都是敷衍,是为了满足父母的心愿。事实上,即便是学画,我真正掌握一些技术和本领,也不是走的这种正规路线,而是在社会上跟一些画友,一起摸爬滚打中逐渐学来的。

那时候,在益阳学画的青年人,有不少都是因为不喜欢读书,才改为学画,当时,我走得较近的画友,有徐大良、汤超、冷奇才、胡勇鹏、甘泉等人,他们均年长于我,无论是绘画经验,还是社会经验,都要比我丰富。我们结伴而行,常在一起写生,一起交流,因此,我从他们身上学到了不少东西。

杨卫在缝纫机厂子弟学校读书期间学会了骑自行车

当然,最让我开心的还是跟这些画友们在一起,可以用冠冕堂皇的理由,即外出写生,骗过父母的耳目去街上玩,甚至还可以夜不归宿。因此,借这个理由,我开始堂而皇之地混社会,一边跟画友们写生画画,一边又跟街上的"流打鬼"们玩到一起去了。

1985年夏末,我在益阳街上游荡了近一年之后,再次踏入校门,进了益阳市第一职业中学美术班读书。这当然是我父母的主意,他们鼓励我到外面学画,但发现总有一些社会上的狐朋狗友来找我,由此察觉到异常,于是,又开始为我担忧起来,并转而开始想方设法,让我重回学校。恰逢此时,益阳市原第四中学改制,由原来的普通中学改成职业中学,开设了美术班、幼师班和财会班。这让我的父母眼前一亮,似乎看到了希望。因为他们深知，如果强迫我去读普通中学，我肯定不会答应，但是职业中学却不同，因为有美术班，这是我的爱好，说不定我会被自己的兴趣所折服，答应他们的要求。所以，他们向我郑重其事地提了出来。没想到，这也正中我的下怀。

杨卫收藏的1980年代初益阳市大码头鹅羊池汽车站的照片。当年，警察常在这里蹲点，以防止小偷

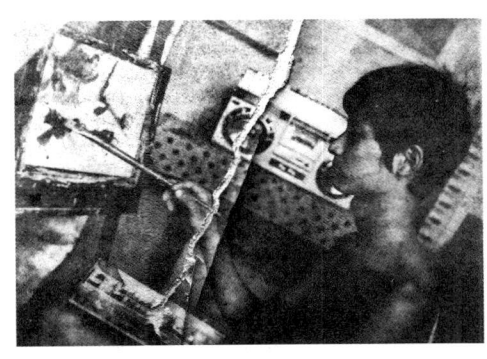

1984年杨卫正式开始学画

我之所以愿意去一职中读书，倒不完全是由于美术班的缘故，更令我倾心向往的，其实还是幼师班。因为幼师班集中了当时益阳市最漂亮、也是最文艺的一群女生，所以，对于情窦初开的我，有着磁铁般的吸引力。这其实才是我心甘情愿去一职中读书的真正原因。

说起我的初恋，其实，并非真正的恋爱，只是一种朦胧的好感而已。但是，我确实曾经为这份好感，而牵肠挂肚，辗转反侧；又因为后来失去了，而心神不定，茶饭不思。

杨卫（左）与许方（右）1987年一起游上海时合影

我的那个初恋对象，正是幼师二班的一位女生。我们在校门口相遇，算是一见钟情。后来，我们相识，并且短暂的相恋，得益于她们班其他同学的引荐，也得益于"石安鳖"的撮合。在同学们看来，我们好像是天生一对，有着前世今生的缘分。然而，不知何故，鸾凤一对，后来竟各自飞散了。说起来，我至今都还有些耿耿于怀，也念念不忘。不过，我今天的怀念，已经不再是一个具体的人了，而是与之相关的那段青葱岁月；难以忘却的，正是那段岁月里包含的天真与纯洁……

1986年始，寒假结束以后，学校陆续开课，而我却因为失恋的缘故，再没有去一职中。面对父母的追问，我谎称是因为一职中的风气不好，并以继续学画以备来年的艺考为由，向他们保证之后，从学校出来再次走向了社会。

在益阳的街头社会，较早转变观念和意识，开始做起生意的"流打鬼"，还是大码头的"铁牛鳖""苏宝

1985年，刚入益阳市第一职业中学读书时的杨卫

等人。早在1985年左右，他们就合伙办起了一个名曰"华达"的贸易公司，专做"提篮子"（买进卖出）生意。因此，他们也是益阳街上最先富裕起来的一拨人。那时候，他们不仅占着益阳的生意资源，而且也引领着街上的消费时尚。我还记得，他们当时大都拥有了摩托车，由此结成所谓"摩托队"，常在街头逞威风，让人望而生畏，远而避之。

而在我们这伙玩伴中，最具生意头脑者，当属"石癞子"。1986年，当我的其他玩伴都忙于找工作时，他却另辟蹊径，摆起了夜宵摊；不久，他赚得第一桶金，又改做服装买卖；再后来，他又回归餐饮生意，以至于一度做成了益阳餐饮业的龙头老大……

因为我有几位画友，如徐大良、汤超、冷奇才等等，也都生活在赫山庙。所以，我从一职中出来后，以去赫山庙学画的名义，也常去找"勇宝"玩。那时候，"勇宝"的单位还给他分配了宿舍，这无疑为我们在他那里聚集提供了便利条件。所以，"勇宝"的宿舍很快就成了我们这些人的根据地，我们甚至都配有他宿舍的钥匙，无论他在或不在，均可以自由出没。

随着年龄的增长，我对街头生涯逐渐产生起厌倦情绪，并开始疏远一些社会上的玩伴，而把更多精力投入到了画画之中。父母看到我有收心的迹象，非常高兴，趁机又想办法把我安排到了学校里读书。于是，1986年9月，我再次踏入校门，进了益阳市第七中学插班。

益阳市第七中学位于益阳市志溪河，是离市区较远的一所中学。我去那里读书，要经桥南，过会龙山，骑自行车须一个多小时路程，所以，我都是早去晚归，中午那顿饭，一般就是在学校里解决了。正是在学校的食堂，我认识了一个从外地寄宿到七中读书的女孩，并且彼此产生了好感。不过，她当时已有男朋友，且对方还是我在大渡口中学读书时的同学，所以，我们虽然彼此倾心，却始终没有表露。后来，为了化解我们之间的踌躇，她还专门给我介绍了她的一个女同学做朋友，而这，却又是引火上身，以至于由此让我不得不离开了七中。

1987年夏末，我顶替参加工作，在益阳地区邮电局当了一名投递员。再之后，我在街上送了一年多的信，深感这种单调乏味的重复毫无意义，既是对生命的浪费，也是对青春的消耗，因此，再次燃起考学的愿望。1989年初，我辞去工作，在经过半年的补习和进修之后，终于考上了大学。从此，我步入到一个新的人生阶段，彻底告别自己躁动不安的游荡岁月，离开了纷纷扰扰的益阳街头。

2018-2-14 于通州
2018-8-23 改于通州

我跟叶紫有个约会

前不久,我在北京东四的中国书店,淘到一本叶紫的旧版散文集。这是时隔三十多年之后,我与这位20世纪30年代活跃在上海的左翼作家再次通过文字谋面,不禁产生了一种"落花时节又逢君"的怅然。许多往事,伴着叶紫笔下那些既熟悉又陌生的语言幡然浮现,仿佛又使我回到了多年以前。

叶紫出生的房屋,近年经过修缮,已改为叶紫纪念馆

说起来,我和叶紫还沾了点亲,不过是远亲,没有任何血缘关系。叶紫原名余昭明,他姐姐余裕春嫁给了我外公的一个族兄,算起来,跟我早已出了"五服",属于刘姥姥和贾府的关系。可尽管论亲戚,我们隔得比较远,但因为余裕春和我外公彼此是邻居,同住一个湾里(湖南益阳乡下地名的俗称,同北方的村庄)。所以,远亲加近邻,也还是鱼水一家人。在我小的时候,余裕春老人还健在,每次母

亲带我回乡下，总能看见她老人家。那时候，余裕春老人就已经有八九十岁了，不过，却丝毫没有老人的耄耋之态，不仅穿着从来都是整整齐齐，一丝不苟，而且还用墨水染发，用粉笔涂脸。她的这种仪容仪表，在那个贫寒的年代，与乡下的穷苦与邋遢，判若云泥，也给我儿时的记忆，留下了很深的印象。

那时候，我并不知道余裕春的身世，更不清楚她还有一个叫"叶紫"的作家弟弟，只知道她是我母亲的一位族亲中，极为高寿的长者，跟我早已死去的外公，属于一个辈分。多年以后，当我读到一些关于叶紫的介绍，才逐渐了解余裕春一家，知晓了他们一家人不同寻常的经历。

余裕春老人生于1896年，他们家有兄弟姊妹三个，在她下面有一个妹妹和一个弟弟；妹妹叫余也民，比余裕春小十三岁；弟弟余昭明，就是后来蜚声左翼文坛的作家叶紫。叶紫生于1910年，比余裕春小了整整十四岁，是家中老小，也是家中的独子。他们的祖先，原本是清初从江西流浪到湖南的破产农民，因吃苦耐劳，勤勤恳恳，又仗着洞庭湖畔的肥沃土地，很快便发展壮大起来，到他们祖父那一代，便已经是温饱有余的小康人家了。20世纪初，他们的祖父余宗祥，总结以往的生活经验，开始培养自己的几个儿子读书，并鼓励兄弟几个离开土地，到外面去发展。这样，到了余裕春和叶紫他们出生的时候，余家就已经不再是一个纯粹的农民家庭了。

他们的父亲余达才，曾在华容县的水乡教过私塾，也到外面做过生意，甚至还远赴湘西当过一阵子县长。而他们的母亲刘氏，则是出身于华容县的一个私塾家庭，有着良好的教养。日益发达起来的余达才,一方面秉承父意,另一方面受妻子刘氏家族的影响,更是再接再厉,继续鼓励子女们读书,并响应时代号召,让他们接受新式教育。为此,余达才不惜辞去在外面待遇优厚的工作,回到老家不远的兰溪镇,支起一摊买卖,来供养三个孩子读书。正是在父母的大力支持和激励之下,余氏三个孩子均都掷身到了新文化的滚滚洪流中。

1926年,北伐军进军湖南,湖南农民运动风起云涌。这让思想活跃的余家上下,也开始蠢蠢欲动,似乎看到了一个崭新的世界就要来临。于是,叶紫的四叔,也是他们家族之中,最为激进的新派人物余璜,很快就在长沙参加了革命,旋即又回乡发动农民运动,成了益阳农民运动和农民武装的领袖人物。受余璜的影响和带领,叶紫的父亲余达才、二叔余寅宾,以及大姐余裕春和二姐余也民,也都纷纷

叶紫纪念馆内景,墙上悬挂有叶紫(左)和他夫人汤咏兰(右)的照片

"卷入了这一个新的时代的潮流"(叶紫《我怎样与文学发生关系》),分别在农民协会和女子联合会担任要职,成了益阳农民运动的核心力量。叶紫虽然早在1925年秋,就考上了长沙油铺街的华中美术学校,家乡闹革命时,他在省城读书,并没能奔赴家乡参加农运,但也受到这个大时代的感召,于1926年底离开华中美术学校,投笔从戎,到了中央军事政治学校武汉分校学习。那是叶紫一家最为鼎盛的时期,用叶紫的话说,他们这一家人都是"在一个簇新世界的洪流激荡里,做了一个主要的人"(叶紫《我怎样与文学发生关系》)。

然而，天有不测风云。正当叶紫一家投身时代洪流，在大革命的舞台上，唱演着可歌可泣的时代剧目时，风云突变。继上海"四·一二"政变之后，1927年5月，长沙也策动了"马日事变"。这导致湖南各县的团防武装卷土重来，大肆屠杀农民运动领袖和革命者。同年6月，叶紫的父亲余达才和二姐余也民，相继在益阳的城中心大码头，遭到县"挨户团防"总局的捕杀；母亲刘氏因被迫"陪斩"，而精神失常；大姐余裕春女扮男装，东躲西藏，后来多亏其夫家，也就是我外公这边的曹姓族长和乡亲们保护，才幸免于难；二叔余寅宾，带领全家老幼十余口黉夜驾渔船出逃，改名换姓，匿居他乡多年，直至1937年国共第二次合作，才回到故里；四叔余璜，率农民自卫军数次打退团防武装的进攻，后因敌我力量过于悬殊，只好与妻子郭雄领残部撤退到洪湖一带继续战斗，却也在1932年的一次突围中，双双牺牲。而就在二叔余寅宾一家出逃，和叶紫后来流亡的这十年当中，叶紫祖母叶氏、寅宾

叶紫青年时的照片

妻徐氏、余璜前妻李氏及其五个子女，都先后或是病死，或是饿死，或是淹死。顷刻间，一个日益兴旺的家族，就这样坍塌下来，化为了一堆破碎的瓦砾。

也许是不忍揭开心里的那块伤疤，对于那段不堪回首的往事，余裕春老人很少跟人提及。所以，她在我儿时的记忆中，一直是一个谜团，我只是隐约地感觉到，这个老太太有些异乎寻常，不仅是仪容仪表与众不同，还有她家门框上悬挂的那块烈士家属牌，也似乎在不断

暗示我，她是我母亲那个家族中不同凡响的人物。多年以后，当我遭遇叶紫，心里的谜团，才逐渐解开。

原来，余裕春隐匿曹家，躲过一劫。此事，当时的叶紫并不知晓，他只是在武汉惊悉噩耗，知道了家乡的这些变故。于是，连忙潜回益阳老家，但却为时已晚，父亲与二姐早就被屠杀了，大姐和其他亲人，也都不知去向，家中只留下一个神志不清的母亲孤灯为伴。这让叶紫悲痛欲绝，感到了世界末日的降临，一个原本崭新的世界，就这样在他心中，骤然间土崩瓦解了。用叶紫自己的话说："像一个刚刚学飞的雏雁，被人家从半空中击落了下来"（叶紫《我怎样与文学发生关系》）。

其实，叶紫自己的处境，也是十分危险，他作为余达才唯一的儿子，早就被列为重点抓捕对象。幸得县城中的未婚妻汤咏兰和岳父汤汉卿的掩护，将叶紫改名汤宠，他才瞒天过海，乔装打扮后，得以逃出虎口。此后的叶紫，有家不能回，只好浪迹于江湖，漂泊在长江中下游一带。为了报仇雪恨，他学过佛道，当过士兵；为了活下去，他讨过饭，卖过苦力。在磨难中成长，在坎坷中成熟，使叶紫终于明白了："世界上没有不吃人的地方，没有可以容许痛苦的人们生存的一个角落……""剑仙、侠客、发财、升官、侠义的报仇，……永远走不通的死路！"（叶紫《我怎样与文学发生关系》）。

大概是1929年底，叶紫流浪到了繁华的大都市上海，他总结前面的曲折与苦难经历之后，决定留下来，在上海寻找机会。"我不能再乱冲乱闹了……我要埋着头，郑重地干着我所应当干的事业"。（叶紫《我怎样与文学发生关系》）。

到上海后不久，叶紫便联系上了自己在益阳兰洲书院读书时的老师卜息园，经其介绍，叶紫加入了共产党组织。随后，二人受命同返湖南，进行革命活动。不料，卜息园很快便在湘阴被捕，并于1930年5月10日，被砍杀在长沙浏阳门外。临刑之前，卜息园曾化名王世昌，从狱中专门给汤咏兰写信告之险情，才使得叶紫及时转移，重新逃回上海。这件事情对叶紫的刺激很大，感怀一生，以至于他把自己后来出版的第一本小说集《丰收》专门用来纪念卜息园。可见，卜息园给叶紫的影响；也可见，叶紫对卜息园的感恩程度。

侥幸逃回上海以后，叶紫又曾一度被奉派到浙江温州的玉环岛，去组织红军师，但因种种原因，未获成功。1931年，他以"共党嫌疑犯"罪名被捕，关进上海龙华警备司令部的监牢，直到八个月后，才被营救出狱。在此期间，叶紫的母亲刘氏与未婚妻汤咏兰，曾先后寻至上海。叶紫出狱后，遂即组织家庭。1933年、1934年、1937年，女儿蒂丽、儿子维太、雪驹相继出生，这让叶紫尽享天伦的同时，又加重了身上的负担。迫于生活上的压力，叶紫不得不四处寻工，奔波于各种职场。据说，叶紫在那一时期，做过店员、苦力、警察等不同工作，也编过刊物，教过弄堂学校，甚至还曾一度到西林寺，为和尚们抄写签条……

正是在迷茫曲折与艰难困顿中，为了寻求慰藉，排遣苦闷，弥补"破碎的灵魂"，叶紫开始接触文学，"由传统的旧诗、旧文、旧小说、鸳鸯蝴蝶派的东西，一直读到文学研究会、创造社，以及新近由世界各国翻译过来的文学作品"（叶紫《我怎样与文学发生关系》）。终于，通过大量的阅读，叶紫那郁积心头"千万层隐痛的因子"，犹如地壳下沸腾的熔岩,在文学中找到了释放的出口。于是,他毅然拿起了笔,开始"去刻画这不平的人世,刻画着我自家的遍体的伤痕"(叶紫《我怎样与文学发生关系》)。

1932年12月,叶紫与自己在一个函授学校任教时结识的文友——浙江宁波青年陈企霞一起,在上海南市尚文路文庙附近的一所房子里,召集一帮文艺青年,成立了"无名文艺社",并创办《无名文艺》月刊和旬刊。关于这个社名的由来,茅盾曾在次年发表的《几种纯文艺的刊物》一文中写道:"据说'无名文艺社'组织的发生是一幕'悲剧':大概是一年前吧,有一位青年作家因为'无名',他的作品被某书局拒绝了,后来这位青年作家悒悒而死,他的朋友们为纪念这死友以及反抗书坊老板的压迫就组织了这个'无名文艺社'。"后来,有不少人都猜测,茅盾所说的那个怀才不遇的死友,就是卜息园。因为叶紫在《丰收》的扉页题有:"纪念我的亡友卜息园。"但这些,其实都只是妄加揣测而已,不论这个"死者"是谁,也不论"无名文艺社"的成立,缘于何故,总之,这个激进的文学社团,在叶紫等人的极力倡导和热心组织之下正式成立了,并以一种勇猛姿态闯进"庞杂的文坛",试图"用自己的力量来开拓一条新的文艺之路"(叶紫《从这庞杂的文坛说到我们这刊物》)。

1933年6月1日,《无名文艺月刊》创刊号问世,叶紫任这期杂志主编。他在发表了一篇激情洋溢的发刊词——《从这庞杂的文坛说到我们这刊物》以外,还首次使用"叶紫"这个笔名,发表了短篇小说《丰收》,由此而引起文坛的广泛注意。自此,叶紫这个笔名,便取代了他的原名余昭明,为世人所知。

说起叶紫的笔名,也颇有深意,"叶"是叶紫祖母的姓,是叶紫为了纪念他那颠沛流离、双目流血失明,并惨死于华容县罗家洲的老祖母;"紫"是血的象征,叶紫曾说过,他是从血泊中爬过来的人。单从这个笔名,就可以看出,叶紫的激愤程度,仿佛是要通过写作,把每个字都攥出血来……

《无名文艺月刊》创刊号出版以后,叶紫曾请同人钟望阳,给仰慕已久的鲁迅寄过一本,并和了一封自己的信。不想,鲁迅收到信后,很快便做出了回复,并告诉叶紫,要想把刊物继续办下去,须注意一些策略。这封信对初出茅庐的叶紫而言,无疑是一种极大的鼓舞。同年6月,经叶紫的同乡周扬引荐,由谭林通、胡楣(女诗人关露)介绍,叶紫和好友陈企霞一起,加入了中国左翼作家联盟。这之后,他在左联创作委员会的座谈会上,常常得到鲁迅和茅盾等文坛宿将的指点。1933年冬起,叶紫开始与鲁迅保持通信,不时地聆听鲁迅的教诲。此后,叶紫的文学创作有了很大发展。他分别以叶紫、叶子、紫、阿紫、阿芷、阿止、杨镜英、陈芳、杨樱、柳七、黄德、辛卓佳等笔名,在《文艺》《文学新地》《当代文学》《中华月报》《现代》等报刊上,频频发表小说和散文,可谓成绩斐然。

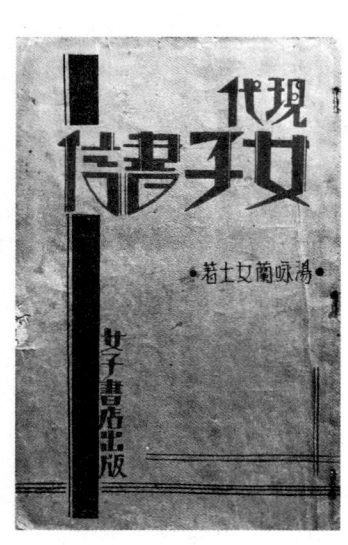

叶紫出版的第一本著作(现代女子书信),用的是夫人汤咏兰之名,原书由杨卫收藏

1934年4月至12月间,与叶紫同在左联一个创作组的聂绀弩,担任着

《中华日报》副刊《动向》的主编，他很同情叶紫的遭遇和处境，遂以每月六十元的高薪，邀请叶紫作为自己的助理编辑。这对叶紫无疑是一种雪中送炭，不仅使他有了一份稳定的收入，大大地改善了他们一家的生活，而且也使叶紫可以利用约稿的机会，单独去接近鲁迅，从而跟鲁迅有了更为密切的交往。

与鲁迅交往之后，叶紫的人生可谓重新揭开了一页。而当鲁迅获悉了叶紫的悲惨身世与经历之后，也是对他爱护有加，关怀备至。在现存的《鲁迅日记》中，约有五十余处，记载了他与叶紫的联系：始于1934年4月28日"得叶紫信"；终于1936年10月6日"上午得芷夫人信，午后复，并钱五十。"而在鲁迅逝世后，由许广平主编的《鲁迅书信集》中，也同样收录了鲁迅写给叶紫的多封书信。鲁迅的有些书信，涉及叶紫的创作，甚至是逐字逐句地帮助叶紫推敲，真可谓用心良苦。而据叶紫后来跟许广平透露，这些信件还只是鲁迅写给他的很少一部分。遗憾的是，大部分书信，都在颠沛流离中失散了。由此可见，鲁迅对叶紫的扶持与关爱程度，早已是视如己出了。

正是在鲁迅的支持与支助之下，1935年，叶紫与东北来的青年作家萧军、萧红一起，以"奴隶社"的名义，出版了"奴隶丛书"三种——叶紫的短篇小说集《丰收》；萧军的长篇小说《八月的乡村》；萧红的长篇小说《生死场》。鲁迅还分别为这三本书撰写了序言，在《叶紫作〈丰收〉序》中，鲁迅深中肯綮地评述了叶紫独特的生活道路和与此密切相关的创作倾向："这里的六个短篇，都是太平世界的奇闻，而现在却是极平常的事情。因为极平常，所以和我们更密切，更有大关系。作者还是一个青年，但他的经历，却抵得太平天下的顺民的一世纪的经历，在转辗的生活中，要他'为艺术而艺术'，是办

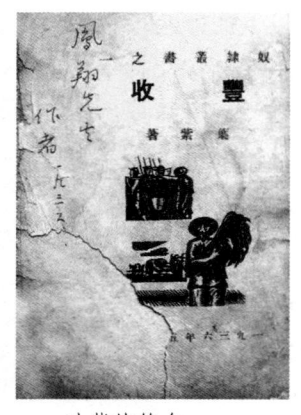

叶紫的签名

不到的。……这就是作者已经尽了当前的任务，也是对于压迫者的答复：文学是战斗的！"

由于鲁迅的权威效应，"奴隶丛书"一经问世，便大获成功，叶紫也因此小获"丰收"，得到了不少稿费。对此，叶紫自然是心存感激。为了不辜负鲁迅对自己的期待，之后的叶紫，便把更多的时间和精力，都投入到了创作之中。可惜，好景不长，1936年10月，叶紫因劳累过度，诱发肺病和肋膜炎，不得不息笔住进医院休养。当时，已经重病在床的鲁迅，得知这一情况后，念念不忘，于当月6日还致信给叶紫的夫人汤咏兰，并资助了五十块大洋为叶紫治病。不料，十三天之后，即1936年10月19日，鲁迅自己却因肺病发作医治无效，在上海大陆新村9号的寓所，遽然逝世。

噩耗传来，叶紫悲痛万分。尽管医生一再嘱咐叶紫，要卧床休息，不能激动。但他还是不顾医生劝告，带病前往万国殡仪馆，参加了鲁迅的吊唁仪式，并于20日，含泪写下了《哭鲁迅先生》的悼词：

> 我患着肺结核和肋膜炎，
> 他写信来，寄来一包钱，对我说：
> "年青人，不要急，安心静养，
> 病自然会好的。"
> 但是，忽然地，朋友们来告诉我他的恶消息，于是我哭了起来。

医生跑来对我说：

"你底热度太高，你不能哭。"

但是我怎能不哭呢！

看护跑来对我说：

"我们不许你伤心，不许你哭。"

但是我怎能不哭呢！

我们不但是死了伟大的导师，伟大的战友，而且失掉了伟大的民族底魂魄！

这——我怎能不哭呢！

    从叶紫的这首悼词中，我们可以看出他对鲁迅的爱戴与尊敬，也可以看出他和鲁迅的感情。虽是两代人，但却同声共气，甚至连病都一样，不能不说是天地同出，前世缘今生情。那么，鲁迅和叶紫，同时患上传染性极强的肺病，是不是跟他们过密的交往与相近的体质有关呢？我已经不得而知，但我知道，自打鲁迅离去以后，叶紫便基本辍笔，正在写作的中篇小说《菱》，也宣告夭折。

    1937年卢沟桥事变后，日军大举进攻上海。居住在上海的文艺工作者，纷纷开始奔赴抗日救亡的前线。而叶紫却因家庭拖累，且疾病缠身，不能同行，非常苦闷。据作家任钧回忆，叶紫当时的生活来源主要有二：一是靠卖《丰收》等书所得；二是靠朋友们接济。但是，战事一起，这两个经济来源均被切断。叶紫痛苦万分，病势也一天天加重了起来。前线不能去，上海也无立足之地，叶紫似乎只剩下了最后一条退路，那就是回老家益阳。于是，他又抱着病体，开始四处奔走，筹措回湘的路费。终于，在友人们的帮助下，叶紫得以成行，于1937年9月中旬，携带妻小（长子维太于1935年不幸在家乡水灾后的瘟疫中夭折,母亲也于1937年3月3日在上海逝世)离开上海,踏上了归乡之路。

这之后,叶紫率眷从上海沿江而上,辗转于南京、武汉等多地,终于在中秋节之后,回到了阔别整整十年的家乡。但是,抵达益阳后,一家人尚未来得及安顿,叶紫便因旅途劳顿而倒下,一病不起,只好又被送往省城长沙就医。

那时候的长沙,在华北沦陷后,已成为抗日文化的大后方。由北京大学、清华大学和南开大学三校合迁湖南后,组成的"国立长沙临时大学",已于1937年底正式开课。与此同时,更多的工商业也陆续迁至长沙,一时间,熙来攘往,使长沙成了一个繁华之地。叶紫置身于其中,虽是为了就医,但也受到某种感召,未能静下心来休息。期间,他不仅抱病与魏猛克、潘天茨、张天翼、蒋牧良等人一起参与了《大众报》的工作,而且还敦促其原来在《大众报》工作的堂弟,即他四叔余璜的遗子余昭望,赴延安参加了革命。正是由于过度操劳

叶紫(右)与木刻家黄新波

且忧于贫困,叶紫在长沙住了五个月的医院,病情却一点没有好转。无奈之下,他又于1938年上半年,重新回到了益阳。

叶紫回到益阳之后,寄住在兰溪镇小河口北岸的渡口边,租的是

老渡夫刘少山的半边茅屋。我儿时曾去小河口走过亲戚,那是两河交汇的一个三岔口,靠近兰溪镇。兰溪镇是益阳县下属的一个行政镇,素有"小南京"之称,因其水路发达,所以,自明万历年间设市以来,就一直是益阳重要的商业集市之一。不过,叶紫住的小河口,离兰溪镇还有点距离,实际上是乡村与集市的接壤处,是一块乡野之地。

在我儿时,那一带尚未开发,我每次跟大人们走亲戚,路过那条堤坝路,都免不了踩上一脚烂泥。所以,我对那一带并无多少好感。然而,在叶紫的描绘中,那里却成了一个桃花源,美不胜收。1939年3月,叶紫在给友人张天翼的信中,就是这样描绘小河口景色的:"不但风景佳绝,空气新鲜,宜于养病,并且交通便利,消息灵通,简直是一块仙境啊!……春天了,眼前的一片青翠,黄的菜花,红白的桃李,对岸的小市镇,就像镜子里面画的画似的,横挂在我的面前,左边还有一座古色古香的大石桥。"

1937年,叶紫回益阳后住的兰溪镇小茅屋

显然,这是叶紫的美化,是他用文学的修辞与想象,掩饰了自己窘困的现实。在同一封信中,他还附了一首充满自嘲的对联:"住虽只三尺地,且喜安心,小堂屋中,任我横行直闯;睡足了五更天,若嫌无事,大堤坡上,看他高去低来。"

也许，摆脱了上海那种窄小阴暗的亭子间，现在回归到宽敞而明亮的土地上，叶紫确实有某种欣喜。但是，毕竟那只是苦恼人的笑，昙花一现而已。我倒是从叶紫为张天翼抄录自己写给渡夫刘少山的一首古体诗中，读到了他当时的真实心境：

> 经年风雪鬓毛灰，
> 放荡江湖一酒杯。
> 苦煞夜寒更漏水，
> 隔河人把渡船催。

对于一个穷困潦倒，且又疾病缠身的失意文人而言，"苦煞夜寒更漏水"，才是其真实的人生写照。而"隔河人把渡船催"，更像是入不敷出的叶紫，在期待着救援，盼望着命运的某种转机。正如他在信的末尾写到的那样："关于接济的话，也希望能够源源而来……"（叶紫《致张天翼》）。

我看过叶紫那一时期写的不少日记，里面有许多流水账，记录了不少外地文友，给他邮寄的钱票数目，其中不乏一些文坛大家。据说，郭沫若任军事委员会政治部第三厅厅长时，还曾派专人，送了八担谷和一支钢笔到益阳给叶紫，可见，文坛并没有忘记这位命途多舛的文艺青年。而叶紫也是心系着外面的世界，于病榻之中，依然"关心着世界大局，担心着祖国的存亡，关心着全世界的文化事业，时刻不能忘记自己所负的伟大的时代的使命，文化人应尽的一切责任"（叶紫《星·后记》），并以惊人的毅力，一边扶病写作构思已久的"大的、纪念碑似的"（叶紫《星·后记》），反映湖南农民运动的长篇小说《太阳从西边出来》；一边力所能及地参加一些抗日宣传活动。但是，终因膏肓之疾，而不得不撒手作罢，留下了千古遗憾。

1939年10月5日，叶紫病逝于他所租居的茅屋中，走完了短促而充满苦难的二十九年人生旅程。

叶紫死后，被葬在老家余家垸的新塘边，与他父亲和二姐的坟相对。1952年，益阳政府为了纪念叶紫，将他的坟墓迁往会龙山公园对面临江的狮子山上。1974年，因为修建自来水厂，叶紫的墓地被夷平，变成了蓄水池。所以，在相当长一段时间里，即使在叶紫的家乡益阳，也很少有人知道他。包括我这个亲戚，对于叶紫，也是一问三不知。

我最早知道叶紫，不是在叶紫的姐姐余裕春老人那里，而是通过汤咏兰，即叶紫的遗孀，时间大概是1980年左右。那时候，"文革"刚结束不久。随着1978年"十一届三中全会"的召开，全社会开始了拨乱反正，纷纷落实原来的政策。这让早已迁居广州的汤咏兰老人一个久悬未决的心愿，也似乎看到了落地的机会，那就是为叶紫正名，重新修建叶紫墓。于是，汤咏兰老人便从广州回到益阳，为此而奔走呼吁。因其在益阳早就没有了家，且叶紫的直系亲属，如余裕春老人等又大都居于乡下，所以，汤咏兰老人只好暂住在我们这个远亲家里。有关叶紫的一些信息，我就是那时候才知道的。

叶紫死后，汤咏兰独撑家庭，一个人抚养一双儿女，其生活压力可想而知。正是迫于生活的无奈，汤咏兰后来只好带着儿女一起改嫁，远赴了他乡。那段辗转反侧的经历，我已经不得而知，汤咏兰老人对过往的事情,也从来都是守口如瓶,只有一张叶紫的照片,一直伴随着她,从中也可以看出汤咏兰对叶紫的牵挂,可谓是一往情深。正是通过汤咏兰随身携带的叶紫照片,我才对叶紫有了形象上的认识,这位20世纪30年代蜚声上海滩的左翼青年,的确英气逼人,有着文学家特有的浪漫气质。可惜英年早逝,不然,一定会有更大成就。这,就是我儿时,对叶紫的感觉。

重修叶紫墓一事,经过汤咏兰老人,以及叶紫生前的一些文坛好友们的极力争取,终于有了眉目,受到了某些高层人士的注意。1982年左右,益阳政府专门立项斥资,为叶紫在资江边上筑起了一座纪念台,并树了一块巨大的纪念碑,上面还铭刻着鲁迅为叶紫的小说《丰收》写的序。一颗陨落的文星,终于再次亮起,在他家乡受到了应有的尊重。这一时期,由于纪念叶紫的活动陆续展开,经常会有一些与叶紫有关的文坛老前辈,往来于益阳。而我们家作为叶紫的远亲,且我的父亲也同样喜欢文学创作,所以,也就自然成了一个益阳文坛的小驿站,一时间,变得门庭若市,"谈笑有鸿儒,往来无白丁"了起来。

在众多文坛人物中,给我留下印象最深的一个人,就是前面提到的叶紫的堂弟,即被叶紫促其北上参加了革命的余昭望。余昭望在文坛的影响力,虽不及叶紫,但也是大名鼎鼎,早年在延安时期,就曾与李克农共事,后来又多年负责安徽文联的领导工作,曾担任《新民晚报》和《安徽文学》的主编。余昭望老人在我家住过多次,且每次时间都较长,前前后后加起来,足有半年之久。所以,我对他的印象比别人都要深刻。

余昭望老人块头很大,结结实实,要不是战争期间受过腿伤,走起路来一拐一拐地变成了瘸子,单凭他的威风,也一定是个当将军的料。不过,余昭望老人自己却不这么看,他说文学才是他的命根子。他还经常教导我,要我好好读书,告诉我书中自有黄金屋,学好了以后能派大用场。可惜,那时候我年少无知不懂事,全把老人的话当耳旁风了。虽然余昭望老人劝学的话,我听不进去,但老人家讲的故事,我却是听得陶醉入迷。关于他在江湖上如何学艺,如何又在战争之中出生入死的那些经历,就像一部英雄史诗,至今都让我记忆犹新。余昭望老人揣摩到了我当时的心理,看出了我对学习没有兴趣,便开始"曲线救我",答应教我武术,但条件是每天背一诗词。那时候,正是武术盛行的年代,街头巷尾的青少年,都以谈论少林寺、霍元甲等为资本,以摆动几个武术招式为风尚。父亲告诉我,余昭望老人可是武术高手,有这样一位高手愿意给自己支着儿授艺,背点唐诗又算得了什么!我欣然答应,不知不觉,也就被余昭望老人牵着鼻子走了。

当然,我的武术,后来并没有学成,余昭望老人走后,没有人敦促,我一松懈下来,便没有再坚持。现在想来,也颇有些遗憾,毕竟我所学的一招一式中,贯穿了余昭望老人的心血,也凝聚了我少年时期的许多英雄梦想。不过还好,虽然武术锻炼,我没有坚持下来,但当年背诵的那些唐诗,却有很多我到现在都还能记得。想一想,失之东隅,收之桑榆,也还值得。也许,这本就是余昭望老人起

1980年,汤咏兰老人写给杨卫父亲杨林山的书信

初的安排与设计吧,它潜移默化地引导着我,后来也像叶紫一样弃画从文……

弹指一挥间,转眼时间已经过去三十多年了,如果不是碰巧买到叶紫的这本散文集,许多往事可能会在我的记忆中隐匿,很难再复现。这就是所谓的触景生情,历史的再现有时候需要物证。回到叶紫,他一生所经历的磨难,遭受的痛苦,当然已经不是我们生活在今天太平世界的人,所能够理解到的。不过,通过千丝万缕的联系,尤其是叶紫留下的文字,我却能够触摸到他的时代,感受到他身体里面涌动的烈火。有道是"真诗在民间"。的确,没有苦难扎根于生活底层,文学是虚无缥缈的;没有源于内在生命激情的喷发,小说是惺惺作态式的。而这两个后者,恰恰是现在太平世界的流行文式,也是今天物欲时代的语言修辞。幸好,我还有一些先前的生活底子作为铺垫,有像叶紫这样一大批文学前辈输送营养,才不至于从文以后,把文字变成一种语言游戏。看来,这也是前世今生的一种缘分。冥冥之中,我要步叶紫的后尘,像他一样经历坎坷,却仍然从容,仍然执着。

余昭望老人写给杨卫父亲杨林山的近百封书信

孟子早就说过:生于忧患,死于安乐。我想,这也应该是对我人生的一种警示吧。尽管通过这些年的努力，我也取得了一点点小小的成绩，但我绝不能自满，因此而丢了民间的本色，忘了底层的艰辛。因为我跟叶紫有个约会，注定了要将他的那支笔接过来，往下传承。

2011-3-17 于通州

2017-11-20 改于通州

后山周立波

周立波的名字,在我家乡湖南益阳几乎是家喻户晓。这不仅因为周立波是益阳走出去的著名作家,更因为成名之后的周立波,曾一度返乡务农,并以益阳的风土人情和历史变迁为题材,创作了一部脍炙人口的长篇小说《山乡巨变》。当然,这都是些陈年往事了。现在,即便是在我的家乡,年轻人知道有周立波这么一个人,但对于他的生平,有所了解的并太多,至于他的小说造诣和文学贡献,就更是知之

周立波故居,杨卫摄于2017年

甚少了。而如果是出了湖湘，转到外地，说起周立波，年轻人大都只会想起上海滩的脱口秀演员。对于作家的周立波，恐怕还真没有几个人能够说得清楚。可见，时间确实像一把剪刀，不知不觉就剪断了今天与过去的联系。不过，对于我，作家周立波却始终是记忆深处的一团篝火，时间越久远，越是觉得温暖。这不仅因为我与他同乡，共饮过一江水，有着同样的情愫，更因为我的父亲早年曾拜他为师，在他那里接受过文学熏陶，从而也使我很早便接触到周立波的小说，由此奠定了认识世界的语言基础。

有人说，母语是一个人的思想之源，我深有同感。就拿我自己来说，尽管已经离开家乡多年，早就脱离了原来的成长环境和语言背景，但原始的乡音，依旧沉淀于心，武装着头脑。每当遭遇现实的困顿，思想开始短路时，我只要想起益阳人的语汇和说话习惯，许多生动、鲜活的意象，便会袭面而来，呈现出一派生机盎然的景色。这让我不由得又想起了宋代理学大师朱熹说的"为有源头活水来"。大概母语就是那个清澈的源头吧，总让人取之不尽，用之不竭。

回到周立波，他一生的文学创作，从翻译外国著作起步，到表现自己的所思所想，再到回归方言写作，与其说是一种寻找文学叙事的过程，不如说是一种诗意地还乡，是一种文化的寻根。难怪新中国成立以后，功成名遂的周立波，没有像他的亲密好

周立波在桃花仑体验生活时期。

友、也是本家叔叔的周扬一样，高居深拱，留在京城做官，而是转身而退，执意回到湖南益阳的乡下务农。因为那里有他的语言世界，才是真正属于他的存在之家。

周立波，原名周绍仪，字凤翔，又名周奉悟。1908年8月9日，周立波出生于湖南益阳县邓石桥的清溪村。父亲周仙悌，是当地的一位乡绅，虽是个落第秀才，但却在湘西做过几年幕僚，也在益阳县城当过几年公务员，算是见过不少世面，故而，在当地颇有些声望，人称"周相公"。据说，辛亥革命推翻清帝制，周相公还是益阳县几个首义的乡绅之一。正因为如此，他在民国之初，一度被新政权所重用，担任过益阳县教育科的科长。不过，周相公似乎并不醉心于做官，对宦海没有什么好感。随着皇帝的退位，党争兴起，出生乡野的周相公，抱着无党无派的宗旨，最终还是让出了职务，辞官退隐，回到乡野办起了教育。周相公的这种功遂身退之举，对后来的周立波，

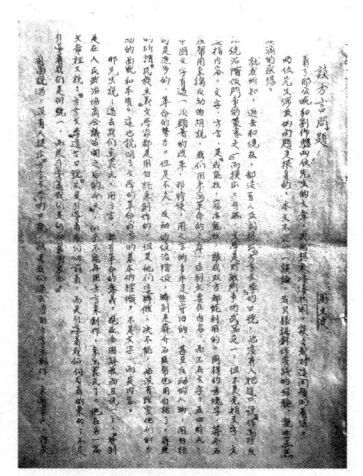

周立波谈方言写作的油印稿，杨卫收藏

是不是有影响我不得而知。但我知道，一种传统之所以能够延续和发展，就在于总有人率先垂范，以身行道。

周立波生在一个新旧交替的时代，虽然后来受到新文化影响，走上了革命道路，但文化底蕴却是植根于传统深处，始终没有忘记耕读传家。我总觉得，周立波后来归园田居，仍还是带有"儒者在本朝则美政，在下位则美俗"（《荀子·儒效》）的传统意

味。他跟他父亲的区别只在于，周相公是以办私塾来教书育人，试图保留中国的传统文脉；而周立波则是以边耕边写来传播新思想、新观念，为移风易俗唱赞歌。但他父子俩的本质却是一样的，都是为了在时代变迁的过程中，树俗立化，以善民心。

事实上，周立波的父亲周相公也是一个通达明理的人，虽然自己比较保守，认定了传统的生活方式，但对子女却很开明。这从他后来远送周立波到长沙省立第一中学接受新式教育，以及再后来默许周立波到上海滩去发展，都可看出端倪。如果没有周相公的支持和默许，周立波对外面世界的憧憬，恐怕只能是望洋兴叹了。由此可见，周立波后来走上革命，走出人生的新境界，前因却是在他的父亲周相公那里。当然，真正诱发周立波走向新世界的人，还是周扬，即周起应。正是这位先于周立波到上海读书的本家叔叔，回乡探亲时带来了外面世界的福音，才勾起周立波出走的冲动，有了闯荡世界的愿望。不过，那已经是后话，现在还是回到儿时的周立波。作为周相公与自己在县城任职期间娶回的填房太太刘昭珍——一个真正的秀才之女——所生的第三个儿子，周立波降临周家，曾被看成是文曲星下凡。据说，周立波出生的时候，周相公梦见了一只凤凰落在梧桐树上。所以，他给孩子起名叫奉（凤）悟，又名绍仪。可见，一开始周相公就对自己的三儿子周立波，寄予了厚望。

周立波晚年跟孙女讲述自己成长故事的时候，提到儿时的受宠，就是每天给一个鸡蛋吃。这在今天看来，当然算不了什么，但在那个贫瘠的年代，却可以称得上是一种奢侈。从中我们也可看出，周相公当年对这个三儿子的偏爱。事实上，渐走下坡路的周相公，为了兴家立业，早就对膝下的三个儿子做过统一部署。大致的分配是：大儿子负责耕种全家的二十多亩田地；二儿子送去镇上当学徒学做生意；而三儿子因为天资聪慧，就留下来读书做学问。在周相公看来，似乎只有他和刘秀才之女刘昭珍所生的这个三儿子最有出息，可以在将来担当起振兴周家的重任。因此，他不仅重点培养老三，而且很早就为自己的这个三公子，物色了一个德言工貌样样出众的媳妇——周相公的前妻——姚姓太太弟弟的大女儿姚芷青。这个姻亲关系，亲上加亲，显然是周相公经过精心设计之后做出的决定。因为这样一来，不仅解决了家庭的矛盾，而且也为外出读书的儿子扫去了后顾之忧，真可谓一举两全。

1924年，十六岁的周绍仪，在益阳县第一高等小学堂（龙洲书院）完成学业之后，被周相公远送他乡，到了百里之外的长沙省立第一中学读书。尽管供儿子上学已经有所吃紧，但周相公还是省吃俭用，从牙缝里挤出钱来，又把他未来的三儿媳同两个女儿一起，送到了县城的县立女子职业学校学习。由此可见，周相公对三儿媳之好，如果没有原来的亲戚关系，单只是外来娶妇领进门，周相公大概不会如此痛下血本来栽培。当然，这一切的最终目的，都是为了周立波，为的是让姚芷青，拥有跟周立波相匹配的知识结构。反正都是一家亲，肥水不流外人田，培养了姚芷青，就是"肥沃"了周家。这正是周相公的如意算盘，也是传统中国的乡村经济学。

说到姚芷青在县城读书，我想插一段题外话。尽管这一段与周立波无关，但却牵出了另一位左翼作家叶紫，而叶紫又跟我是远亲。所以，扯出这么一段旧事，可以让我更加具体地走近我家乡的那段历史，走近这些未曾谋面的先贤。

姚芷青与周家二女周翠英、周育英在益阳县立女子职业学校读书期间，被庹相公安排在了世交林家寄宿。林家老爷出身大户人家，曾与周相公一起首义反清，是益阳城里的名士。他不仅为人正直，而且乐善好施。姚芷青和周家二女，在林家得到了林家老爷无微不致的照顾；同时，受到这种照顾的，还有林家未来的媳妇贾小姐、余家小姐，加上余家未来媳妇汤小姐。这六个新派小女子，当年一起寄住在林家，同吃同睡，同声同气，在我的家乡益阳，留下了一段首开女性解放的佳话。六女之中，以余家小姐余也民最为激进、能干，她就是知名左翼作家叶紫的姐姐。

1926年，北伐军进军湖南，湖南农民运动风起云涌，余也民一家受她四叔余璜的影响，均都投身到了大革命的洪流之中。余也民的父亲余达才，曾出任益阳县农民协会秘书长，而余也民，也担任过益阳县妇女会会长。但是好景不长，很快大革命失败，余达才和余也民父女，相继被曹姓县团防局长带兵抓获，一个被枪杀，一个被砍头。那时，还只有十七岁的叶紫，幸得未来岳父，即汤家小姐汤咏兰的父亲汤汉卿保护，才躲过一劫。后来，叶紫逃至上海，受鲁迅的教诲，将文学当武器，开始文学创作，成了知名的左翼作家。

叶紫在上海的时候，周扬和周立波也同在上海，且都属于左翼文学阵容，但后来却交往日稀，追溯起来，应该还是因为鲁迅的缘故。在鲁迅这位沉郁的文坛巨叟眼里，周扬和周立波，似乎都有些年轻气盛，性格过于轩昂了，远没有历经磨难的叶紫那么凝重、忧愤。所以，一向是避而远之。这也就无形之中给叶紫与同乡二周之间，造成了某种隔阂，使他们作为乡友，虽然一起漂泊在上海，却越来越没有了共叙乡音的机会。说起来，不免有些遗憾。不知道他们自己作为当事人，对此又是做何感想的？

我查阅过大量资料，除了找到鲁迅一方与周扬一方，后来在"两个口号"的争论中，叶紫曾以《国防文学的随感二则》为题，于1936年的《文学界》第一卷第三号上撰文，旁敲侧击地讽刺过周扬一方，以及叶紫逝世时，远在桂林的周立波，闻讯后悲痛地为之悼念以外，就再没有其他任何关于叶紫与"二周"之间的叙述了。新中国成立以后，周扬高居庙堂之上，周立波名声大噪，后来又双双落难，身陷囹圄，无论是得意时，还是失意时，他们都已无暇顾及往事。而叶紫早在1939年就已经病逝，离开了人间，自然更是成了无言的结局。那些曾经的是是非非，恩恩怨怨，随着岁月的流逝，恐怕永远只能是一个悬念了。

多年以后，我还见过叶紫的遗孀汤咏兰。为了重修叶紫墓，老人家从广州回到故里，就住在我们这个远亲家里。那时候，我虽然年龄还小，但对汤咏兰老人的印象，却很深刻。老太太说话慢慢腾腾，有时，也会跟我这个小孩子，说起她和叶紫与鲁迅交往的一些旧事；聊到兴奋时，她还会拿出鲁迅当年写给她的信予我看。我还隐约记得那些信的内容，大致是叶紫患病后，鲁迅汇款过来，叫汤咏兰及时去取等等。可见鲁迅并不是对所有人都横眉冷对，也有恻隐之心，只不过是性格不太通融，过于爱憎分明了。

话到此处，已经扯远，还是回到周立波。1926年，对于周立波来说，是至关重要的一年。因为在这一年，周立波认识了同族周姓的周扬。这位周立波的本家叔叔，尽管只比周立波年长一岁，却见多识广，早已是上海大夏大学的大学生。据说，周立波当年在省一中读书时颇得美名,年年终考,都是前一二名,是公认的才子。周扬就是在老同学林伯森,即林家公子那里,认识了他的堂兄弟林伯陶;再通过林伯陶,听说了林伯陶的表弟周立波,如何才华横溢之后,慕名前来拜访的。真是惺惺惜惜惺惺,颇有些高山流水觅知音的古风。周扬的到来,无疑给了周立波一种刺激,尤其是他介绍的一些西方新思想,如尼采的一切都要"重新估定价值"等等,为周立波日后出走,去寻求一个新世界埋下了伏笔。

1940年代的周立波,照片由杨卫收藏

1927年,国民党开始全面清党。在继上海"四·一二"政变之后,5月,长沙也策动了"马日事变",一时间,杀戮四起,血雨腥风。周立波在长沙,不仅目睹了这场大屠杀,而且作为学生中的活跃分子,也险些受到株连,幸得周相公及时召回儿子,并靠自己在益阳的人脉关系,将他小心保护起来,才使得周立波免于一劫。不过,尽管周立波脱离了险情,并在父亲的精心安排下,回到家乡谋了一个乡村教师的职位,且不久以后又与姚芷青结合,成了婚,但残酷的现实,却无法让他平息,尤其是发妻的"闺中密友"余也民,遭诛戮的惨状,使他始终摆脱不了恐怖的阴影。所以,即便那段时间,周立波生活在益阳的乡下,但还是感觉到衰竭与窒息。

十年后,已经在上海立足的周立波,曾写过一首诗,表达他难以释怀的心结,从中我们可以看出1927年,给他造成的心理影响:

> 牵引你的
> 是南山十月的山茶花
> 是母亲想念儿子的流湿了皱纹的眼泪?
> 是夜深寂寞时的遥远的琴音
> 是友情的回忆?是荒野之中谁家散落的残花
> 是初吻之后恋人的低泣?
> 不是
> 牵引我的
> 是锁息了多年的,家乡的一九二七
> 一九二七,你自由的花蒂
> 你几时再用你的花苞和花影
> 掩尽那家乡的苦难和眼泪?

正所谓压力越大,动力就越大。时局的不断恶化,带来的压迫感与周立波的理想之间,形成一种强烈的反差,使得他有了一种打破现实的冲动。恰逢此时,周扬从上海回乡省亲,与周立波再次谋面,这让周立波一下子看到了希望。于是,他决定离开益阳,跟随周扬一起远赴上海,去闯荡世界。

对于周立波的决定,虽然周相公后来也表示了同意,甚至开始支持,但起先并不接受。在周相公看来,时局动荡,外面的世界,变数太多,不值得安分守己的耕读人家去向往。他原来一心只希望周立波能像他一样做个地方乡绅,留在家乡搞教育,垂范乡里。何况周立波现在新婚不久,更应该待在家里好好过日子。所以,不予经济上的支持,想以此打消周立波奔走他乡的念头。不想,东边不亮西边亮,周立波外出发展的愿望,在自家碰了壁,却意想不到地得到了岳父大人的支持。这位屠夫出身的普通店员，与女婿的关系甚好，不忍看到女婿的愿望落空。他虽然读书不多，但深知好男儿志在四方的道理。为此，他不惜卖掉了自家的几头猪，来充当周立波出门的盘缠，助其远行。于是，这也就成全了周立波，使他的命运由此而改变。据说，周立波拿到岳父卖完猪的钱，去追赶周扬他们乘坐的帆船时，船早已经开走了，周立波是沿着江边奔跑了很久，才追到那艘船只的。幸好是追上了，不然，中国现代文学史上，也许就没有了周立波这个章节。

历史有时候就是这样充满玄机，有巧合，也有必然。周立波追上周扬一家三口和周扬的表弟刘宜生等人乘坐的帆船之后，就如同登上了重获新生的挪亚方舟。随着帆船从资江经洞庭湖转入长江，过武汉穿九江直奔上海，周立波从此便开始了他崭新的生活。

1928年2月，二十岁的周立波跟随二十一岁的周扬，辗转来到了上海。那时的上海，是一个浮生若梦的地方，被称为"东方魔都"，充斥着各种新的思潮，也充满了各种机会。不过，对于初到上海的周立波而言，这些似乎都与他无缘，他首先要面临的，还是生计问题。

起初，他租了一个上海的亭子间，与周扬一家，还有刘宜生、林伯森、林岳秋等几位同乡一起，住在闸北四川路德恩里，靠家里的支持和周扬的救济度日。后来，周立波虽然也曾四处寻找工作，报考过店员、业务员、瓷器工人，以及电影演员等职业，但都未成功，直到再后来，跟周扬学习了一段时间的英文后，报考上海劳动大学被录取，周立波才获经济独立，有了自己的安身之处。劳动大学是当年由国民党开办的资助性大学，不仅免除学费，而且还安排吃住，这对于

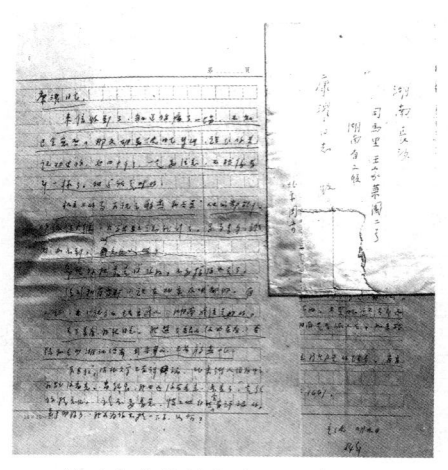

杨卫收藏的周立波1960年代写给作家康濯的书信

羁旅他乡的周立波，无异于雪中送炭。所以，他倍加珍惜这个机会，进了劳动大学以后，就全身心地投入到了紧张的学习之中。

据说，周立波在报刊发表的第一篇文章，就是在劳动大学，内容是关于大学生卖菜的一些趣事。因为劳动大学的学习是免费的，大家为了减轻学校的负担，课余时间，就经常会外出打一些零工，比如卖菜等等。周立波也到街上卖过菜，不过，与别人卖菜不同的是，他还把这个卖菜过程的所见所闻记录了下来，并写成小说，投寄给了当时上海刚刚兴起的副刊。由此可见，周立波的细心程度；也可见，他的文学天赋。

那时的上海，读者们都很追捧大学生，比较关心他们的生活，所以，周立波的文章寄出去后，很快就见了报，发表在了1929年11月29日《申报》的副刊上，周立波还因此拿到了四块大洋的稿费。这可是一笔不菲的收入，在当时可以抵得上一个普通劳工二三个月的工资。周立波获此意外收入，自然是喜不自胜，他把这个喜讯告诉周扬等人之后，还邀请大家下馆子美美地暴撮了一顿。

说到这里，我不禁憧憬起当年的上海滩，一篇短文就能换来四块大洋，也就难怪当时的上海，能够出现"自由撰稿人"这个阶层，涌现出鲁迅、茅盾、巴金等一大批靠稿费为生的文学大家了。周立波也不例外，正是因为有这样一个较高的稿酬作为回报，才吸引了他后来立志以写文章为生。

1950年代的周立波回家乡益阳参加劳动，照片由杨卫收藏

当然，周立波专事写作，还是后来的事情，在劳动大学读书期间，他虽然已经显露出了写作的兴趣，但更大的兴趣，还是参与一些政治活动。毕竟那时候的周立波，还很年轻，有着旺盛的精力，再加上周扬的一些影响，所以，他虽然没有加入共产党，但却经常参与一些共产党组织的集会与游行。自然，这也给他带来了麻烦。最终，因为思想激进，周立波被劳动大学勒令退学，开除了学籍。刚在上海稳定下来，就这样闯下大祸，受到了当局的关注。无奈之下，周立波只好打道回府，潜回了家乡。

重新回到益阳以后，周立波与妻子姚芷青团聚，一起在乡间度过了一段闲适的乡居时光。我曾找到周立波后来写的一首诗，是怀念当年的情形，读来不禁心神荡漾。诗中写道：

春花未尽，
秋叶先谢了。那山茶花下的笑和情意呀，
于今日，梦一样的迢遥。
最难忘的，

> 是微风十月的秋山里，
> 飘荡着的，
> 标致的蓝色小围裙。

这是革命年代，极为罕见的惬意与温情，它透露出的那种闲情逸致，告诉了我们，周立波那段时间是过得多么安逸和逍遥。

然而，很快这种安稳的生活，又被周扬的一封来信给打断了。周扬这次是诚邀他再赴上海，并告诉周立波，很想翻译介绍一些西方，特别是刚成立的苏俄著作到中国来，但因为自己社会活动太多，希望周立波能帮助他完成这些工作，一起来合译。周扬的这个邀请，就像是在平静的水面，扔进一块石头，一下子又勾起了周立波远游的冲动。于是，他决定再次出走，到上海去圆自己的作家梦。据说，这一次又是姚芷青解囊相助，把自己长年绣花积存下来的钱拿出来，才使周立波得以上路。可见姚芷青的体贴、贤惠，也就难怪周立波，日后能写出这样温婉动听的诗歌了。

再度落脚上海之后，因为有着前面被劳动大学赶出来的教训，周立波曾发誓不再过问政治，一心只埋头学习文学，翻译书稿，希望能以此来谋取生活。那段时间，周立波与周扬一起，共同翻译了不少苏俄著作。这些著作的陆续出版，给他们带来了诸多收入，也让周立波看到了以文为生的前景。后来，周立波又在译书之外，找了一份正式工作，在当时的神州国光出版社当校对，那里不仅给他发放固定工资，而且还安排住宿。这使得周立波在短短几个月时间，就于上海站稳了脚跟，可以不需要周扬等人的照顾，便可以经济独立了。所以，很快他便又忘了几个月前不问政治的誓言，开始和一些"左倾"朋友，频繁地来往了起来。

当时中国新兴的工人阶级，劳动条件都比较差，工作强度也大。上海工人为了争取更好的权益，常常会组织起来举行罢工，神光的印刷工人，也参与了这样的罢工。校对编辑周立波，因为能写会说，胆子又大，所以，被工人们推举出来，担任罢工委员会的委员长。周立波也是当仁不让，写标语、开会、和资方谈判，干得很起劲。有一天，他看见印刷厂工头要撕掉他写好贴上的标语，就冲过去理论，理论不成，就动起手来，结果周立波把对方打伤，被告到租界的巡捕房。不想，警察来带走周立波时，在他住所却意外地搜查出了一些违禁的"左倾"书刊。这样性质就变了，普通的刑事纠纷，变成了思想犯罪，而当时的思想犯比刑事犯危险更大，处置也极为严苛。所以，周立波很快就被租界警察局逮捕，关进了牢房。

周立波被抓，最着急的当然还是周扬。因为是他把周立波喊来上海的，现在锒铛入狱，他没法向周家老小交代。所以，他利用自己在上海的关系，开始四处活动，准备打捞狱中的周立波。神光印刷厂属于神光出版社，负责人叫胡秋原，是当时上海很有名的文人。周扬一开始便找到他，希望胡秋原能出面担保，保释出周立波。不想，胡秋原因为害怕政治牵连，一口给回绝了。年

1950年代的周立波与益阳老农合影，照片由杨卫收藏

轻气盛的周扬,对胡秋原见死不救的态度大为愤慨,就在自己所办的《文学月刊》上,发表了一篇芸生写的诗作《汉奸的供状》,痛斥胡秋原的行为是汉奸行为。然而,出人意料的是,此举却遭到文坛大佬鲁迅的严厉斥责。虽然,此诗并非出自周扬之手,但由于周扬是此诗的发表者,即《文学月刊》的主编,也是当时左联的党团书记,所以,鲁迅便把责任全部推到他身上,写了《辱骂和恐吓不是战斗——致起应的一封信》,郑重其事地告诫周扬:"谩骂不是武器"……

这是周扬与鲁迅的最早结怨。后来,郭沫若等人又相继撰文,反对鲁迅的观点。由此,引发了左翼内部的对立情绪,也使鲁迅误以为是周扬在挑拨离间,利用自己的左联负责人身份,于背后故意挖他的墙脚,拆他的台,从而对周扬一直心存芥蒂。这也就有了后来,鲁迅继续批判以周扬为首的"四条汉子",有了再后来,周扬洗白不清的罪状。说起这些,不免有点冤屈,也颇让我这个后生鸣不平。

周立波被抓以后,虽然经过周扬等人四处活动,但还是没能幸免于难,最终被判了两年半的刑期。不过,因为遇到当局和日本签订《淞沪停战协定》后的大赦,实际上,周立波只在狱中关了二十个月。这二十个月的监狱生活,对于周立波来说是有得有失,失的当然是自由,但也得到了友谊,更得到了大量的时间

1950年代的周立波(前排右二)与益阳桃花仑乡的乡干部合影,照片由杨卫收藏

学习。因为是政治犯罪，周立波被关在特殊牢房，同狱牢友均是有思想有文化的人，所以，周立波与他们的交往中，增长了见识，学到了不少东西。这无疑弥补了周立波中学学历的知识不足，也为他日后从事文学创作，打下了一个思想基础。

多年以后，周立波跟孙女聊起他过去的监狱生活，包括后来在"文革"期间，再次坐牢的经历，他都是坦然自若，甚至还表现出几分幸运，足见自由是相对的，失去身体的自由，往往更能让思想飞跃，反倒更容易修炼成才。

1933年，二十五岁的周立波刑满，被转到苏州反省院继续反省。此时，他的父亲周相公，看到了机会，托人情找了两个当商店老板的朋友，给周立波出具了铺保，即以资产担保周立波以后不再惹麻烦，将他从反省院保释了出来。重获自由的周立波，自然是不能再待在上海了。于是，他带着周扬为他筹得的一点路费和妻子芷青寄来的衣物，又一次辗转回到了家乡。

不过，虽然回到益阳的日子过得无忧无虑，安然自得，但周立波的心思早已放飞。他始终惦记着上海的云波诡谲，思念着上海的文坛。应该说，还是周扬最了解周立波，虽然远隔千山万水，但周扬还是能闻到这个本家侄儿的心声。所以，待风声暂缓，紧张气氛一过，他便又向周立波发来邀请，邀其再度赴沪。自然，还是因为得到了妻子芷青的协助，周立波才有了钱上路，第三次来到上海。不过，这一次他不能再明目张胆了，因为有"犯罪"前科，他必须隐姓埋名。绍仪变成立波，便是从这个时候开始的。"立波"是英文 Liberty（自由）的音译，由此可见，周立波对自由生活的向往。

从1935年到1939年，周立波在上海，一直都是用的"立波"这个笔名。1939年，他到延安以后，又加上姓氏，成了后来文名远扬的周立波。

有人说，名字是一个人的信息，可以折射出人的命运。这话我信，至少在周立波身上，这话得到了印证。自从改用"立波"之后，周立波果然时来运转，人生之路，仿佛真就是越走越宽了。为了尽快能够在上海立足，更名后的周立波，在周扬的建议下，又重新捡起了翻译工作。此时的周扬，早已今非昔比，不仅也从原来的周起应改名周扬，而且已经担任起左翼文坛的领导职务，眼界自然是成熟了不少。他为周立波找来的译本，都可称为一时之选；而周立波，也因为有以前的经验积累和语言铺垫，翻译起这些作品来，也是更加得心应手，游刃有余了。

这一时期，周立波翻译了苏联的最新小说《被开垦的处女地》。这本小说讲述了顿河流域的土地改革和集体化运动，曾获斯大林文学奖。作者肖洛霍夫文采绚丽，修养深厚，是当时苏联最重要的作家之一。周立波被原著的文采所打动，发挥自己的语言想象，将其转译为清丽流畅的中文，既是翻译，又是再创作，是意译的成功范本。据说，当时的郭沫若，与周立波在这本书的翻译中撞过车。但当郭沫若看到周立波的译本后，大加赞赏，之后，便主动放弃了自己的译本。可见，周立波的翻译水准和文采。

周立波的译稿《被开垦的处女地》，与周扬的译稿《安娜·卡列尼娜》一起，后来均被收入《世界文库》丛书，由当时上海最为著名的商务印书馆出版，周扬和周立波，不仅因此博得文名，而且还各取了六七百大洋的稿费。在当时一块大洋可买两担大米，普通工人月薪才一二块大洋，即便是教授，年薪也只不过二三百元，足见六七百大洋是何等丰盈。这让周立波终于可以靠译书摆脱贫困，实现自己在上海以文为生的目标了。于是，他又趁热打铁，将捷克著名新闻记者基希的《秘密的中国》翻译成中文，从而把报告文学的体裁，介绍到中国来，开创了一种新的写作风格。自此，上海左翼文坛又添新翼，多了一名湘籍健将。

那一时期的周立波，主要是从事文学翻译工作，兼写一些诗歌、散文和文艺评论，小说创作并没有完全展开。但是，翻译世界名著，却为他提高了写作技巧，而从事文艺评论工作，更是打开了他的思想意识，为他日后的小说创作，奠定了坚实的理论基础。事实上，那时候的周立波，已经充分体现了自己的理论才能，他的评论文章立论高深，有理有据，已经具有了很高的理论水平。我曾读过他当年写的一些评论文章，其视野之开阔，论述之严谨，至今都能带给我启迪。我甚至还有一种遗憾，遗憾当年的周立波，没有沿着理论的路径继续走下去，不然，很有可能20世纪的中国，会出现一个大的文艺理论家。当然，这只是我的一己之见，对于周立波，涉足文艺理论，也许原本就是为了给日后的创作扫除路障。

说到这里，我不禁又想起了周立波在从事文艺理论工作时，碰到的一枚钉子。那涉及20世纪三十年代上海左翼文坛的一桩公案，导火索是周扬当时迫于抗日的形势需要，借苏联已有的文学概念，所提出的"国防文学"口号。周立波作为周扬同宗同室的密友，且同在左翼文坛并肩作战，自然是身先士卒，充当起了周扬的理论帮手。

我查过当时的一些文献,"国防文学"的口号,虽然是周扬在1934年的《大晚报·火炬》上首先提出,但真正发酵、产生更为广泛的影响,却是在次年,还是因为周立波在1935年《时事新报·每周文学》第十五号上,发表的《关于国防文学》一文。在这篇文章中,周立波进一步发展了周扬的观点,认为国难当头,应该团结一切可能的人一致对外。正是在周立波这篇文章的催化与感召之下,很多热血青年,都投入到了国防文艺的思考和创作中,从而形成了一股强大的文艺风潮。随着"国防文学"的兴起,之后,又相继出现了"国防戏剧""国防音乐""国防电影"等等一系列以"国防"命名的文艺形式。

然而,令周扬和周立波所始料不及的是,他们的"国防文学"理论,不是引来了敌方的反对,而遭到了同一条战线上的另外一批人,如鲁迅、胡风、冯雪峰等人的强烈抵制,由此形成了周扬一派的"国防文学",与鲁迅一方的"民族革命战争的大众文学"之间长达数月的尖锐论战。虽然,由于鲁迅于1936年10月19日溘然离世,使这场喧嚣一时的大论战戛然而止,没有再往相互拆台的方向继续发展;又因为后来抗战的全面爆发,共产党出面斡旋,使各派达成了统一战线,但是,当年论战所带来的结果,却使得周立波和周扬如芒刺背,一度陷入窘境,并且在若干年后,还因此遭受横祸,殃及池鱼。说起这些,也真是一场理论争辩的历史悲剧。也许,周立波就是从这场悲剧中吸取了教训,后来很少再涉足文艺理论,转而开始小说创作的吧。

经过"国防文学"与"民族革命战争的大众文学"两派之争后,上海的左翼文坛元气大伤,实际上已经全面解体,再加上1937年,日本发动全面侵华战争，上海随之沦陷成为"孤岛"，昔日的思想繁荣已经不复存在。周立波等左翼人士，再滞留于上海，不仅没有了发展的空间，而且还随时可能会有生命危险。所

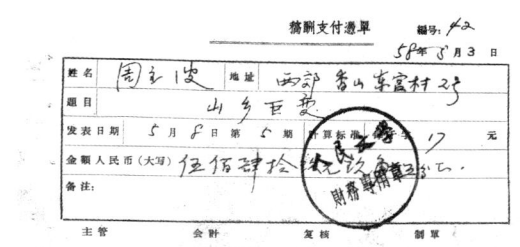

杨卫收藏的1950年代出版《山乡巨变》的稿费单

以，他与周扬等人商量之后，决定撤出上海，投奔延安。

　　同年10月，周立波与周扬、艾思奇、舒群等人一起结伴，经南京到达西安，在那里受到了八路军驻西安办事处负责人林伯渠等人的热情接待。这期间，刚好美国记者史沫特莱与八路军驻西安办事处联系，准备去往前线采访。于是，林伯渠便委派周立波和舒群作为战地记者兼翻译，陪同史沫特莱上前线。所以，周立波没有像周扬等人一样，从西安直赴延安，而是辗转大半个中国，经历了若干战斗之后，再回到心中向往的宝塔山下。

　　那一时期，周立波先后作为美国记者史沫特莱，以及美国驻华使馆参赞、陆军上尉卡尔逊的翻译，访问过朱德、彭德怀、刘伯承、贺龙、徐向前、聂荣臻、陈赓、徐海东、王震等八路军高级将领；同时，他又以战地记者的身份，深入到八路军各部队，几乎走遍了晋察冀边区。炮火硝烟的战地生活，不仅磨炼了周立波，也激发出了他的写作热情，使他发挥自己的报告文学之长，将这段战地生活，写成了报告文学集《晋察冀边区印象记》，并于1938年6月由汉口读书生活书店出版发行。据说，沙汀、何其芳、卞之琳等人，就是因为读到了

周立波的报告文学，才决心投奔赴延安的。可见，周立波的《晋察冀边区印象记》在当时的影响。

1938年，周立波南下湖南，转赴沅陵参与地下党领导工作，编辑《抗战日报》。1939年，他又被周恩来调到桂林，任中华全国文艺界抗敌协会桂林分会筹备委员，编辑《救亡日报》，为抗战造势，做了不少卓有成效的宣传工作。我前面说到，周立波获悉叶紫逝世的消息，就是在编辑《救亡日报》期间，是周立波最先在报纸上撰文悼念，才使更多左翼同仁知道了叶紫的不幸。周立波这种摒弃前嫌之举，不计"两个口号"争论期间叶紫的反戈一击，与周扬在鲁迅逝世后第一时间赶去吊唁一样，都表明了他们重情重义，其实，并非属于鲁迅所讥讽的那种"喊喊嚓嚓"，"不在大处着眼"之人。

1939年底，周扬担任鲁迅艺术学院的领导工作。正是在他的召唤之下，周立波与到南方视察的胡乔木一起来到延安，被安排在了鲁艺文学系任教。延安鲁艺作为革命文艺的摇篮，无疑也成为了周立波小说创作的孵化器。他到延安鲁艺以后，不仅拥有了相对安稳的创作环境，也获得了大量的时间。于是，教学之余，周立波便趴在窑洞的土炕上，开始构思起表现自己曾在监狱中的生活与斗争经历的小说来。这便有了1941年11月至1942年11月，他陆续发表在《解放日报》《草叶》《谷雨》等报刊上的《麻雀》《第一夜》《阿金的病》《夏天的晚上》《纪念》等一系列短篇小说的问世。

1942年5月，延安开展整风运动，召开了文艺座谈会，毛泽东在会上提出了文艺要深入基层，向工农兵学习的主张。周立波参加了此次座谈会，深受毛泽东思想的鼓舞，之后，便积极履行毛的文艺主张,深入到碾庄等地体验生活,创作了以陕北农村为基调的短篇小说《牛》,由此确立起自己与工农兵相结合的写作道路,也为日后创作出《暴风骤雨》《山乡巨变》等鸿篇巨制,奠定了基础。

1944年2月,周立波被调离鲁艺,前往改版后的《解放日报》,担任副刊部副部长,并主编文艺副刊。但周立波为了深入基层,实现自己"成为群众一分子"的艺术理想,还是于同年9月辞去《解放日报》的职务,报名加入了以王震为首的八路军南下支队,随军开始南征。

1946年10月,周立波随部队南征北战后抵达松江省尚志县,在那里参加土地改革。同年,周扬在《解放日报》上发表了他的著名论文《论赵树理的创作》,将毛泽东的文艺思想落实到具体的作品,其中分析到赵树理的语言,如"他写农民就像农民。动作是农民的动作,语言是农民的语言。一切都是自然的,简单明了的,没有一点矫揉造作,装腔作势的地方。""他在他的作品中那么熟练地、丰富地运用群众语言,显示了他的口语化的卓越能力"等等,对周立波后来的文学创作,产生了很大影响。正是受周扬的启发,周立波以自己在尚志县一带参加农村土地改革为线索,于1948年创作完成了具有里程碑式的革命文学作品《暴风骤雨》。

1951年,周立波的长篇小说《暴风骤雨》,与丁玲的长篇小说《太阳照在桑干河上》,一起分获斯大林文学奖。这是中国作家当时获得的最高成就,表明了他们的作品已经越出中国,受到了"共产国际"的高度认可。自然,这给周立波和丁玲带来了无上的荣耀,也奠定了他们在新中国文学史上的地位。丁玲显赫一时,自不必说,周立波也由此而文名大躁,一度被选为全国文联和全国文协委员、全国人大代表,并担任政务院文化部编审处负责人等重要职务。

不过,新中国成立以后的周立波,虽然已经成了官高爵显的文坛大人物,但他却深受父亲周相公的影响,一直没有忘记"耕读传家",始终认为农家学派的主张"贤者与民并耕而食"(战国·许行),才是文化人应有的状态。正是从这个意义上,他彻底接受了毛泽东的文艺思想,对其提倡的文艺"要贴近生活、为工农兵服务"笃信不移。所以,周立波为了执行自己的这个信念,后来并没有留在首都北京,也没有待在省城长沙,而是随着农业合作化运动的展开,于1955年举家从北京迁回湖南,落户在了益阳的一个小乡村——桃花仑的竹山湾。

我的父亲,就是在那个时候认识周立波的。那时,我的父亲,还是一个文艺青年,刚从北方南下湖南参与益阳的建设。到了小城之后,父亲听说了周立波这样一位远负盛名的大作家,就蛰居于此,自然是喜出望外。于是,便托当地熟人引荐,登门求教。由此,也就和周立波结下了一段难忘的"师生缘"。

后来,父亲常跟我说起,他第一次见到周立波时的情形,不是在庄严的校舍,也不是在繁华的集市,而是在一个崎岖的山间小道上,父亲和他同伴一起,与周立波迎面相遇。当时的周立波正挑着一担大粪,匆匆向山下走来,准备去田间施肥,要不是同伴认识周立波,将他半路拦下来,介绍给我父亲,我的父亲断然也想不到,这位"山野悍农",竟是他仰慕已久的大作家周立波。真是大隐无形,完全与山村融为一体,与农事打成一片了。每每说起这些往事,父亲都会情不自禁地叹赏,赞美周立波身上那种"声闻不彰"的品格。由此,也给我灌输进一种印象,周立波在我脑海里,始终是一副憨厚老农的样子。

其实,我并没有见过周立波,因为待我出生的时候,"文革"已经开始,周立波早就被打倒,离开益阳关进了省城长沙的"牛棚"。所以,关于他的一些消息,我都是后来道听途说而来。不过,尽管我没有见过周立波本人,但由于父亲跟他的师承关系,我从小对周立波,就有一种莫名的亲切感。尤其是自打我记事以后,我们家便从益阳的闹市区大码头,搬到郊外的桃花仑,与周立波当年落户的竹山湾相邻,更是让我触景生情,从小便融入了周立波的小说世界中。

那时候,城市化进程还没有展开,竹山湾仍旧保留着原始的山村风貌,我们家虽已属市区范围,但与竹山湾只有一山之隔,早晚都能听见竹山湾那边传过来的鸡鸣犬叫声。《老子》书中有云:"乐其俗,安其居,邻里相望,鸡犬之声相闻"。这是传统中国安居乐业的景象。竹山湾在我记忆中,留下就是如此祥和的一幕,它曾勾起我这个城里孩子对乡村的无限遐想,也赋予了我今天的乡愁之中,还带有一种淳朴的古风。我想,若干年以后,随着城市化进程的加快,人们的乡愁,也许不会再有这般惬意,也不会有如此的村舍之美了吧!

1979年春,周立波(前排右一)与茅盾(前排右五)等文艺界人士于"文革"后首次大聚会,几个月后周立波病逝。照片由杨卫收藏

回到周立波，他在1958年前后完成的文学名著《山乡巨变》，整个故事，就是以桃花仑的竹山湾为背景。因为那里与我家只有一山之隔，所以，我对他小说中描述的情形，基本上都是了然入怀。现在的我，还常常为周立波的语言能力所折服，他对山村风情的概括，以及对益阳方言、俚语的娴熟驾驭，至今都无人可以比肩。尽管他以农业合作化运动为线索，表现竹山湾的变化，带着强烈的意识形态色彩，今天看来有着时代的局限，但是，他追根溯源，回归于母语写作，在自己的小说世界中，重构起一个清秀俊美的家园，却揭示出了一个更加深刻的哲学命题，那就是"诗意地还乡"。我觉得，这正是时过境迁之后，周立波的小说《山乡巨变》，仍然具有魅力的地方。

1973年，周立波被解除"监护审查"，之后不久他便转到北京治病，很少再回湖南。尽管后来随着"文革"结束，周立波恢复了工作，一度拿起笔重新开始创作，但终因身体原因，未竟其功。1979年9月25日，积劳成疾的周立波，在北京逝世，终年71岁。

作为同乡晚辈，我常常替周立波感到遗憾，遗憾他没有赶上新时期的思想繁荣。但遗憾之余，我也会为他感到庆幸，庆幸他还能回到自己的故乡，回到那"狗吠深巷中，鸡鸣桑树巅"（晋·陶渊明《归园田居》）的山湾与乡村。而我们呢？席卷而来的城市化浪潮，早就在周立波身后摧毁了我们家园，埋葬了我们的故乡。如果周立波还活着，真不知道写过《山乡巨变》的他，对此会有何感？是的，周立波再也看不到他的竹山湾，是如何变成高楼大厦与水泥马路了。但是，这的确是今天的现实，也是我的忧伤。

2014-3-3 于通州

追忆周扬

第一次听到"普罗"这个词汇的时候,我觉得特别夹生,翻来覆去地噬嚼了半天,也未解其中之味。有心讨教明白人吧,又恐暴露自己的无知,只好收敛起来潜回家里,偷偷去查找资料。原来"普罗"并非汉语,而是法文"普罗塔利亚"的简称,意思是指无产阶级的。难怪我会感到生疏,因为这是一种硬译方式,完全撇开了汉语的意思。在中国20世纪30年代的左翼文坛,这个词曾经盛行一时,常见的有诸如"普罗文学""普罗大众"等等。而据资料显示,与"普罗文学"最为密切相关的人物之一,则是我的一位同乡——周扬。

在我的家乡湖南益阳,人们在夸赞人杰地灵的时候,总会提到"三周一叶"。所谓"三周",即是周扬、周立波和周谷城;"一叶",则是指叶紫。他们都是同时代人,均在中国现代文化史上,享有较高声誉,尤其是周扬,一度位高权重,主管过新中国的文艺与科学,是新中国前十七年文艺路线的象征性人物。

长期以来,我一直有个困惑,不知道是什么原因,导致了人才辈出的共时性现象,让许多历史上的大人物济济一堂,不约而同地集中在一个发展时期。后来,当我了解了更多的历史以后,才发现这种现象,不只是近现代才有,古代也是屡见不鲜。往往是一朝风云,人才济济,之后,便是英雄一去豪华尽,甚至上百年,都是人才零落。这到底又是为什么呢?也许,这就是社会学中常说的"蝴蝶效应"吧。

就"三周一叶"出现的时代而言,正是中国处在剧烈变革的时期。五四新文化运动,将西方的民主与自由引入中国,催生出革命的意识,也在神州大地,掀起了一场反帝反封建的狂澜。周扬、周立波、周谷城和叶紫,都是属于五四以后出来的一拨人,他们没有赶上五四的新文化启蒙,却被卷入了反帝反封建的狂潮。因而,他们都比较亲近于马列主义,推崇中国的政治革命。这正是他们形成"三周一叶"的人才现象,被新中国的文化史倍加重视的原因。当然,从今天的角度,我们可以对他们当初的人生选择,提出各种各样的拷问,但却无法否认他们对革命的赤诚,尤其是他们对苦难民众的人文关怀。诸如周扬对"普罗文学"的倡导,以及周立波、叶紫对"普罗文学"的实践等等,抛开过去的意识形态不说,对今天这个贫富不均的经济社会,依然有着价值的启示作用。所以,作为同饮过一江水的后生,我今天仍以他们为荣,将他们视为自己的指路明灯。

其实,对于"三周一叶",除了周扬,其他人的作品我接触的并不多,当然也就谈不上有多么深刻的认识了。这主要是因为叶紫英年早逝,留下的作品很有限;周立波尽管创作过《暴风骤雨》《山乡巨变》等一系列鸿篇巨制,且一度备受瞩目,但也没能活到新时期,失去了解放自我的机会;周谷城虽然最为长寿,活了整整98岁,到1996年才仙逝,可他是学者,深居书斋,影响主要是限于学问范围,对社会实践的作用不大。总之,除了周扬,"三周一叶"的其他人,在新时期都已基本退到了边缘,不仅社会影响力已经微乎其微,甚至连作品也都很难再找到。由此看来,做学问,也要活得时间长一些为好,当然,晚年能够保持清醒,则更为重要。明末清初的大思想家黄宗羲就曾说过:"人生末后一著,极是紧要。"这种紧要性,道出了所谓晚节问题。

周扬之所以让我这个后辈敬仰,就在于他"文革"后复出,对自己的过去,有着一番极为深刻的检讨,并一度为思想解放运动摇旗呐喊,成了新时期推波助澜的人物。相比一些同代人的顽固不化,周扬后来的诸多表现,不仅只是象征了他的开明,也表明了一个人文知识分子的自审能力。

年轻时候的周扬

我的父亲,因为"文革"中断的写作,后来得以重新捡起,据说,就是受了1978年4月周扬在全国文联全委扩大会议开幕式上的讲话之鼓舞。正是在那次会议上,匿迹文坛多年的周扬,重新浮出水面,又一次坐在了主席台上。尽管经历了"文革"的摧残,身心俱已受伤,但重新复出的周扬,却还是如沐春风,神采一点不减当年。他先是向一些由于他过去的工作失误而遭到不公正待遇和受冤屈的同道示歉;继而,又发表了一通热情洋溢的讲话,其内容涉及文艺路线的开放。一时间,犹如万鸟放飞,博得满场掌声……

那一时期,周扬的思想极为活跃,曾在《人民日报》《瞭望》《解放日报》《文艺报》等报刊志上,陆续发表了上百篇重要文章和讲话，涉及思想、文化、文艺等各个方面，且均都带有思想解放的色彩。尤其是1979年春，在中国社会科学院召开的纪念五四运动六十周年学术讨论会上，周扬所做的题为《三次伟大的思想解放运动》的报告，更是将思想解放的内容明确提出，拉开了新时期的帷幕。

可以说，20世纪80年代中国大陆的文艺繁荣，周扬立过拓荒之功。正因为如此，文艺界直到现在，都还有人感念于他，为他撰文，为他著书。我想，周扬之所以能够赢得世人这般恭敬，大概最主要的原因就在于他晚年的学说揭示出了人性复苏的内容吧。其实，人并不怕犯错，怕的是执迷不悟，一生都被错误所蒙蔽。对于周扬，前面的"少年曾任侠"与后面的"晚节更为儒"，形成某种前后一致的对仗关系，不仅赎出了他中间所犯的错误，也为他名垂历史，扫除了阴影。

周扬，原名运宜，字起应。1908年出生于湖南省益阳县新市渡一个破落的地主家庭。幼年的周扬，曾读过私塾，后入益阳信义中学读书，再后转入长沙继续接受新式教育，期间，受到五四新文化运动的影响，开始文学创作。中学毕业后，周扬来到上海，曾先后就读于国民大学和大夏大学。在那里，他接触到马克思主义，积极地投身于革命活动。1927年，蒋介石在上海发动"四·一二"政变之后，年轻的周扬怀着革命必胜的信念，于逆境中加入了共产党。次年，大学毕业的周扬，因为与党组织失去联系，踏上了去日本寻找党组织的旅程。在日本期间，周扬除了广泛地阅读马克思主义著作，还研读了大量的亚、欧、南美等外国文艺方面的著述，其中主要是俄国、苏联文学。由于他在日本待的时间不长，周扬没有进入日本大学学习，但他参加了中国留学生组织的"中国青年艺术联盟"，并与一些日本左翼文化人士交往甚密。当时，日本左翼文化运动正处于高潮期，方兴未艾，"普罗文学"的影响极大。周扬正是在那一时期接触到"普罗文学"，之后，将其理论带回中国，植入到中国的左翼文化运动中，成为中国左翼文学的价值内核。

中国左翼作家联盟，是在鲁迅与创造社成员，还有太阳社成员等诸位同仁的积极筹备下，于1930年3月2日在上海成立的。成立不久，周扬即从日本回到上海，加入中国左翼戏剧家联盟，稍后，又加入了中国左翼作家联盟。同年，他在《摩登月刊》上发表《约翰李特俱乐部之组织（美国无产文坛进讯）》和《美国无产作家论》，引起文坛震动。1931年至1932年，在对"自由人"和"第三种人"的批判中，周扬又先后发表了《到底是谁不要真理，不要文艺？》《自由人文学理论检讨》和《文学的真实性》等一系列文章，以马克思主义文艺理论阐明了文学的阶级性，从而使他作为"普罗文学"的重要理论推手，开始享誉文坛。

1932年9月，周扬接替原本由姚蓬子，即姚文元父亲主编的左联机关刊物《文学月报》。在左联组织的文艺大众化的讨论中，周扬发表了《关于文学大众化》一文，充分体现了他的办刊宗旨，以及鲜明的政治立场与文学观。他指出，由于日本帝国主义的侵略，中国的文学运动开始了新的道路，在全国人民抗日情绪高涨的情况下，新文学要加速大众化的进程，充分发挥鼓舞人民群众斗志的作用。1933年，丁玲被捕，周扬接任左联党团书记职务。1935年春，阳翰笙被捕，周扬被任命为中共上海中央局文委书记，兼任文化总同盟书记。从1933年至1936年底，周扬一直负责领导上海左翼文化运动，为左翼文化在中国的发展与壮大披荆斩棘，做出了突出贡献。这段时期，周扬的文学活动仍以翻译介绍苏联文学作品为主,另外,还翻译了大量欧美国家的文学作品。而他在1933年4月号《现代》杂志上,发表的《关于"社会主义的现实主义与革命的浪漫主义"——"唯物辩证法的创作方法"之否定》,则是把当时苏联的社会主义现实主义创作方法,最早介绍到中国的一篇文章。

1936年,根据政治形势的发展变化,以及长征途中中共发表的《八一宣言》的精神,周扬等左翼文化运动的党内领导人认为,要适应形势发展的需要,克服文艺界的宗派主义,提出新的、能够更广泛地团结文艺界抗日力量的文学口号。于是,为了建立文艺界的抗日民族统一战线,他解散了左联,转而开始提倡"国防文学",号召一切站在民族战线上的作家,不问他们所属的阶层、思想和流派,都来创作抗敌救国的文艺作品,把文学上反帝反封建的运动,集中到抗敌反汉奸的主流上。周扬还为此写了一篇檄文,作为抗日文学的宣言,曾被视为是投向日本侵略者的匕首和投枪。

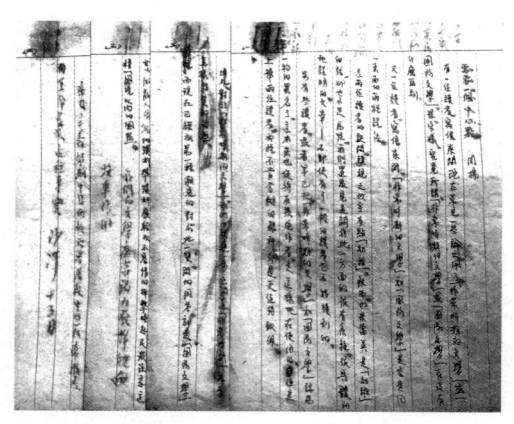

周扬1930年代的手稿,杨卫收藏

"国防文学"口号的提出,迅速遍及全国,得到了全国各地不少文艺团体及知名人士的赞同。但也受到了另一部分作家的强烈反对,尤其是左联的精神领袖鲁迅,本就对周扬擅自做主解散左联心存芥蒂,如今,周扬又以"国防文学"的口号,动摇鲁迅的精神权威，更使其如芒刺背。于是，以鲁迅为首，胡风、茅盾、冯雪峰等人纷纷站出来对周扬大加驳斥，并针锋相对地提出了"民族革命战争的大众文学"的口号。由此，文艺界围绕这两个口号，就文艺为抗日斗争服务等问题，展开了近半年的尖锐争论。尽管这场争论因共产党的出面斡旋，最终还是达成了统一战线，于1936年10月，促成了《文艺界同人为团结御侮与言论自由宣言》的发表。但却使周扬败于垂成，由此背负一条"文艺黑线专政论"的罪状，若干年后，被江青等人揪出来大肆批判。我总感觉，这也是周扬的一个心结。他在"文革"后复出，之所以能够在第一时间反思自己于"反右运动"中所犯的整人错误，大概跟自己的挨批挨斗经验，也是有着千丝万缕的关系吧。

1937年秋，周扬夫妇与艾思奇、周立波等十二人辗转来到延安。周扬到延安后，很快便受到毛泽东的信赖，被任命为陕甘宁边区文化界救亡协会主任、陕甘宁边区教育厅厅长等职，负责边区的群众抗日救亡文化工作和教育工作。不久以后，即1940年，他又被委以重任，担当起由毛泽东、周恩来等人倡议，在延安成立的鲁迅艺术学院的领导职务。这是一个充满戏剧性的章节，一个生前与自己结怨的论敌，在其死后，却以继承和发扬他的光辉为业。对此，不知道周扬是一种什么心情？据说，他曾找过毛泽东，想就当年与鲁迅的论战，做一番解释的澄清，但还没等开口，就被毛泽东制止了。这件事情也就成了压在周扬心头的一块磐石，让他终其一生，都承受着这份压力。不过，尽管周扬有很多委屈，但是在主持延安鲁艺的工作期间，他还是呕心沥血，为无产阶级文艺的发展，做了大量的工作。

这段时期，是周扬在马克思主义文艺理论的研究上，逐渐走向成

杨卫收藏的有周扬亲笔签名的早期著作

熟,并开始尝试建立中国的马克思主义美学体系的起步阶段。在这一时期,他对五四前后新文学运动的兴起与发展,以及五四以来的文学进行了系统研究。先后著有《一个伟大的民主主义现实主义者的路——纪念鲁迅逝世二周年》《从民族解放运动中来看新文学的成长》《新文学运动史讲义提纲》《关于五四文学革命的二三零感》《精神界之战士》《郭沫若和他的〈女神〉》等理论文章。在美学上,他也相继发表了《我们需要新的美学》《"文学的美"的论辩的一个看法和感想》等论文,并翻译了俄国著名美学家别林斯基等人的许多美学理论著作。尤其是对于俄国著名的唯物主义哲学家、文艺理论批评家和作家车尔尼雪夫斯基的推崇,不仅将其学位论文《艺术与现实之美学的关系》翻译过来,而且还大量撰文加以介绍,更是取其"美即生活"的主张,奠定了新中国社会主义现实主义美学的基础。

1943年,周扬任延安大学校长兼鲁迅文艺学院院长。按照党中央的决定,要将"鲁艺"办成为中国革命培养高级文艺干部的学院。周扬遂将在延安的一些著名作家、艺术家们,聘为"鲁艺"的教授、副教授和讲师。此时,单就"鲁艺"文学系的教授、讲师,就有艾青、萧军、高长虹、何其芳、陈荒煤、舒群、周立波、公木、欧阳凡海、严文井、李又然等人;而萧三、丁玲、艾思奇等人,则被聘请为校外教授。可以说，那时候的"鲁艺"，在周扬的具体操办下，俨然已经成了无产阶级革命文艺的大熔炉。

在此期间，周扬还扶持了许多群众文化活动，先后发表了《开展群众新文艺运动》《论秧歌》等文章，编选了《中国人民文艺丛书》，并指导"鲁艺"师生，排演了《兄妹开荒》《白毛女》等一些新秧歌剧和新歌剧，为无产阶级革命文艺制定了表演模式。不仅如此，他还亲自挂帅，组织编写了《马克思主义与文艺》一书。此书在短短几年中，由不同出版社多次再版，基本上已经成为革命文艺的工作者们随身携带的工作"指南"。

日本投降后，延安大学迁往东北地区。周扬被委派为大队长，率领下辖的行政学院、"鲁艺"和自然科学院三个中队，从延安转移到东北工作。之后，历任华北联合大学副校长，中共晋察冀中央局宣传部部长，华北局宣传部部长等职。在新的领导岗位上，周扬继续致力于推动和引导革命文艺的发展。这一时期，他撰写了《论赵树理的创作》的长篇论文，对赵树理的文学创作从民间吸取养分，给予了高度赞赏。此外，他还发表了《人民文艺问题谈话》《〈解放区短篇小说选〉编者的话》《民间艺术和艺人》《新的人民文艺》等文章，不仅在理论上，提出了民间文艺的问题，更是用实际行动，支持着民间文艺工作的开展。

新中国成立以后，周扬被任命为文化部副部长、党组书记兼艺术局局长。作为第一任文化部的党组书记、常务副部长，周扬肩负着相当繁重的任务。如何改造过去，将新的文化事业，尽快地建设起来，使它们能够更好地为新中国服务，是摆在周扬面前一个亟待解决的问题。针对这个问题，周扬提出首先还是要抓创作，并指出新中国成立之后，抓创作要根据国内外斗争形势发展，要反映国家的建设，反映人民生活的变化，以及新事物的成长。1954年，周扬调到中央宣传部担任副部长，分管文艺处和科学处。这一时期，他亲自主持了文科教材的编写工作，为新中国的高校文科建设奠定了基础。

"文革"时期，周扬不仅与外界失去了联系，甚至与家人也断绝了音讯。许多人都以为周扬早已经离开人世，以至于连他在北京的户口，都因此被注销。所以，1978年4月，在全国文联全委扩大会议的开幕式上，当满头银发的周扬莅临会场时，全场都热泪盈眶了。此时的周扬，已经恢复名誉，重新走上了领导文艺工作的岗位。人们对他的劫后重生，感到惊喜交加，不由得报以暴风雨般的掌声。正是在那次会议上，周扬发表了我前面提到的那个重要讲话。他哽咽着，充满深情地说："今天我们在这里聚会，可惜文艺界的不少老朋友、老同志都不在人世了。有的是由于自然规律，有的却是被'四人帮'迫害致死。我们今天想起他们就觉得难过，我们将永远怀念他们。他们所没有走完的路，我们将接过他们的接力棒继续往前走……"

"文革"后，周扬在相继担任中国社会科学院、中国文联，以及中共中央宣传部的领导职务期间，确实信守了自己的承诺，以实事求是的作风，反思过去，总结历史教训，不仅积极倡导继承和发扬"五四"以来的文化革命传统，而且也参与了"实践是检验真理的唯一标准"的讨论。我知道周扬，就是从这个时候开始的，伴着春风已经苏醒的意向，知道了周扬与周立波、周谷城和叶紫，都是我们益阳人。那时候，我常常能够从父亲的嘴里，听到这些人的名字。而每次说起这些人，父亲都会表现出一种莫名的自豪感，全然忘了自己的南下身份，仿佛生来就是益阳人，与"三周一叶"同出膺门似的。这让我也开始有了一种家乡意识，对于益阳，自小就带有了一种强烈的确认感。

因为有了这样一种家乡观念，有关周扬的言论，我后来都会特别留意。比如他在1981年《人民日报》上发表的《坚持鲁迅的文化方向、发扬鲁迅的战斗传统》，谈到五四的传统，以及1983年在《人民日报》上发表的《关于马克思主义的几个理论问题的探讨》，提到马克思主义与人道主义的关系，还有"异化"问题等等，我都曾经在父亲那里读到过，颇受启蒙。不过，好景并不长，新时期的周扬，似乎只现了拓荒之绩，但未竟全功。在完成了一系列继往开来的理论工作之后，周扬很快又沉寂了下去，逐渐淡出了人们的视野。

晚年的周扬，似乎也意识到了自己身上的某种悲剧性。他在1983年夏，为李卓吾位于通州西海子公园的墓地，所题写的"一代宗师"的碑文，便是一个明证。

李卓吾先生，是明代著名思想家，以孔孟传统儒学的"异端"而自居，主张个性解放，反对思想禁锢。周扬一生为革命，主持新中国文艺多年，最后，还是认了"大凡我书，皆是求快乐自己"的李卓吾先生为"一代宗师"，可见，晚年的周扬，对自己的悲剧宿命，似乎有了某种醒悟。事有凑巧，多年以后，我迁入北京通州，也把家安在了西海子公园附近。这让我总是能够感受到李卓吾先生的气息，并通过他的那块墓碑，不时地想起与我同饮过一江水的周扬。

1989年7月31日，郁闷成疾的周扬在北京病逝，终年八十一岁。

那一年，我刚刚考上大学。暑假期间，我曾背着画板到周扬的故里，即益阳县新市渡乡田中湾写过生。当然，我去那里写生，不只是受那里的美景所吸引，更为重要的，还是为了追寻周扬的人文足迹，表达一个同乡后生，对文艺前辈的敬慕之情。

2012-1-18 于通州

2017-11-19 改于通州

校友何凤山

一

说来惭愧,对于我家乡湖南益阳出来的一位现代著名外交家——何凤山先生,我竟然在很长一段时间里,都是两眼一抹黑,懵然不知。不过,这也不能怪我,而要怪意识形态的隔离。在那个"不是东风压倒西风,就是西风压倒东风"的年代,一切以阶级斗争为纲,强调的是敌我矛盾与正反两个世界。作为国民党的外交官,曾在1949年前做过国民政府驻外领事和大使,后又长期生活在美国的何凤山,自然是代表了反动势力,属于敌对一方,不可能被提及,更不可能加以宣传了。说起来,也是"一叶障目,不见泰山"。

何凤山先生

我最早知道何凤山其人，已经是20世纪80年代末了。此时的中国，早已步入改革开放的进程，在经历了一系列"拨乱反正"与思想解放运动之后，整个社会都以"走向世界"为目标，呈现出了一派欣欣向荣的景象。有道是"乱世筑墙，盛世修志"。欣逢这样的修明盛世，自然会把治史修志的工作重新摆上日程，以鉴昔知今，为发展扫除历史障碍。于是，在国家的大力号召下，益阳政府也积极响应，由地区领导牵头，从各处抽调人马，开启了重修《益阳地区志》的浩大工程。我的父亲因为喜欢写作，坚持数年笔耕不停，早已为业界所知，所以，《益阳地区志》刚启动，便把他聘为了邮电分卷主编与主要撰写者之一。我就是在这一时期，由于父亲参与治史修志的缘故，知道了益阳历史上的许多人和事。这其中，也包括何凤山先生。

不过，我虽然早就知道何凤山，并了解到他曾是国民党的外交官，后移居美国等基本情况，但是，对于他的诸多事迹，我却知之甚少。后来，我考上大学，忙于读书，已无暇顾及这些旧事；再后来，我离开家乡到北京发展，辗转流离，更是把故乡益阳完全置于脑后了。直到20世纪90年代后期，随着一部美国大片《辛德勒的名单》传入中国，辛德勒于二战期间拯救大批犹太人的义举为世人所知，我的这位同乡——何凤山，也慢慢开始浮出水面。

原来，何凤山在1938年至1940年任中国驻维也纳总领事期间，曾给数千犹太人发放过"生命签证"，拯救犹太人的数量之多，甚至超出了辛德勒。这样一位益阳籍的国际义士，我竟然毫不知情，真是枉为了自己身为益阳人。于是，为了弥补自己认知上的缺失，我开始关注何凤山，并留心收集他的一些资料。通过资料的不断积累，我从中慢慢了解到了何凤山其人,也逐渐清楚了他的一些历史。

二

何凤山,字久经,1901年9月10日,出生于湖南省益阳县兰溪乡的曹家河。其父是当地的一介儒生,曾在益阳参与创办新学,颇有些声望。然而,就在何凤山七岁发蒙那年,他的父亲却因操劳过度,身患重疾而去世了,只留下母亲与他相依为命,家境由此衰落。何凤山的母亲在丈夫死后,生活陷入了绝境,于是,便投奔到益阳五马坊的信义教会,以帮教会打杂赚取基本生活,才把何凤山含辛茹苦地抚养成人。

据说,何凤山和他的母亲,当年一直就是住在教会的门卫室里。然而,即便如此窘境,母亲仍不忘以身垂范,鼓励何凤山读书。而天资聪慧的何凤山,也没有辜负母亲的期望,自幼好学,也表现出

益阳五马坊信义教堂远景,摄于1930年代

了善良的天性。所以,待何凤山发蒙读书时,便得到了该教会兴办的学校——信义小学的全力支助,由此打下了良好的人文基础。

说起来,我跟何凤山还是校友。因为我就读的小学——益阳市桃花仑小学,其前身正是信义小学。不过,我与何凤山在这此读书的时间,相隔了整整半个多世纪,属于完全不同的两个时代。1949年以后,信义会被迫解散,信义小学也被政府接管,更名为桃花仑小学,沿袭至今。虽然在我读书时,桃花仑小学仍还保留着不少教会时期的西洋建筑,但是,学校氛围早已发生翻天覆地的变化,与教会时期不可同日而语了。

1982年,何凤山在益阳市桃花仑小学门口留影

教会时期,信义小学实行的是西式教育,教师们均都精通外语,讲授国语知识的同时,也传播世界文明。故而,才培养了何凤山这样的著名外交官。其实,不单只是何凤山,当年益阳信义系统的小学、中学和女中,还相继培养出了谢冰莹、周扬、周立波等一大批现代风云人物。这些人后来都成了著名的作家和理论家,在他们身上均有着某种共同性,那就是外语好,尤其是周扬和周立波,都是靠翻译起家,才走上文学之路的……

然而，到我们读书时，已是20世纪70年代末，中国在经历了新一轮的自我封闭与若干次运动之后，信义会的传统早已割裂，不复存在。此时，虽然已经粉碎了"四人帮"，但"文革"的流毒仍没有完全清除。我现在还记得，当时流行的一段顺口溜："我是中国人，何必学外文？不学ABC，照当接班人！"大概正是受这样一种歪风邪气的蛊惑，我读书时极不喜欢外语，以至于错过了打语言基础的最佳机会，影响我至今。说起这些，不免有些遗憾。

还有一个遗憾，令我难以释怀，那就是曾经与何凤山先生擦肩而过。若干年后，因为收集何凤山的资料，我找到一张他在1982年夏回母校探访，于桃花仑小学门口拍摄的照片。当时，我刚刚走出这个校门，从桃花仑小学毕业。可惜，那时候我并不了解何凤山，也不知道他来过学校。因此，错过了与这位乡贤照面的机会，不免遗憾余生。

三

1915年，何凤山从信义小学毕业，顺理成章地考上中学。然而，却由于支付不起中学的昂贵学费，只好放弃升学的念头。后来，经他父亲在龙洲书院的同学曹立生介绍，何凤山

益阳信义中学，约摄于1940年代

认识了曹先生的儿子——当时在长沙高等工业专门学校附属的艺徒学校（简称"金工厂"）学习的曹志熙，并由其引荐进入该校学习，成了一名年轻的艺徒。不过，好景并不长，一个学期之后，艺徒学校却因故停办了。无奈之下，何凤山只好回到益阳。

此时，又是信义中学的徐正心老师，向他伸出了援助之手。徐先生不仅收留了何凤山，让他住在自己家里，为其补习功课等等，而且还说服该校的倪监督，予以何凤山奖学名额。正是得这些善心人士的帮助，何凤山插班进行考试，以英、算、国三门均为及格的成绩被录取，于1917年顺利地进入了信义中学读书。

何凤山在信义中学读书期间，学习成绩得到了飞速提高，由原来的中等一跃而成头名，并且一直保持到毕业。何凤山的这种进步，当然与他自己的发奋图强分不开，但同时也是信义中学的老师们教导有方。何凤山在晚年的回忆中，曾反复提到信义中学的诸位教师，尤其是从长沙雅礼大学毕业的杨炎老师，教他们英语颇有些方法，让何凤山不禁兴趣倍增。何凤山后来当上外交官，纵横四海，其语言基础，应该说就是那时候打下的。

1921年，何凤山在信义中学毕业，以优异成绩考取了长沙雅礼大学。在长沙雅礼大学，何凤山攻读了五年时间，以品学兼优受到学校的一致好评。1926年，他从雅礼大学毕业，又顺利地考取了德国明星大学（慕尼黑）的公费留学生。于是，他辞别母亲，离开故乡，于1926年远渡重洋去了欧洲，踏上了异国他乡的求学之路。

在慕尼黑的明星大学，何凤山从硕士到博士一直学的是经济学。

学习期间，他一方面将世界经济纳入自己的研究视野；同时，以此为参照，针对中国的经济问题进行深入分析，撰写了一系列有价值、有影响的论文。其中，《中国银行制度及其问题》《中国银行的新精神》等文章，曾引起学界关注，对中国现代银行的制度建设，也产生了深远影响。事实上，何凤山在德国明星大学学习的几年时间，不仅广泛地涉猎世界知识，也时刻关心着国内的发展，为中国现代经济的转型，提供了不少有价值的建议。

1932年，何凤山获得德国明星大学经济学博士学位。之后，他谢绝了德方的挽留，带着报效祖国的热情，于同年归国。也是在这一年，何凤山回到了阔别已久的家乡，并访问了信义小学和信义中学，拜会了不少当年的师生，前面提到他和夏义可最后相见，便是此次返校。这次荣归故里，也是何凤山出门读书以后，最长的一次回乡之旅。这从他晚年的回忆文章中，不惜笔墨对这段乡居时光的描述，便可窥见一斑。

1934年，何凤山被湖南大学聘请去往长沙，到湖南大学担任教授，讲授经济学与英语。不久，又转入群治大学当教授，讲授政治和时事。一年之后，也就是1935年，何凤山被民国政府招募，出任中国驻土耳其公使馆秘书，自此离开讲台，开始了他漫长的外交生涯。

不过，虽然何凤山当上了外交官，却从来没有停止过自己的学术研究。他在国外任职期间，利用工作的便捷，不仅阅读了他国的大量文献，而且还不断深入当地进行社会考察，将理论与现实联系起来，撰写了大批关于世界经济、社会和政治方面的文章。若干年后，我曾在旧书店里买到一本何凤山的早期理论著作——1939年商务印书馆出版的《土耳其农村经济的发展》，仔细浏览之后，不禁被他的分析能力与开阔视野所折服，对他的人文坚守和治学态度，更是肃然起敬。

四

1937年，何凤山因为工作成绩突出而被提拔，改任中国驻奥地利公使馆一等秘书。1938年，奥地利被纳粹德国吞并后，中国驻奥地利大使馆被改为中国驻维也纳领事馆，何凤山再度升迁，担任中国驻维也纳领事馆总领事，直至1940年。

正是在这短短的两年时间里，何凤山利用自己的外交权力，在纳粹德国的魔爪下，为无数犹太人签发逃往中国上海的"生命签证"，拯救了许多无辜的生命。关于这段历史，被掩埋了长达半个世纪，直到20世纪90年代，随着美国电影《辛德勒的名单》在全球热映，人们才开始回顾那段历史。何凤山——这位曾经拯救过无数犹太人的"中国辛德勒"，才由此于尘封的岁月中，洗尽铅华，显露峥嵘。

后来，随着何凤山越来越多的事迹被挖掘出来，人们才开始了解他，知道了他的种种义举。再后来，何凤山被国际社会授予"国际义士"的称号，而前以色列总统更是尊他为犹太人的"上帝"……然而，这一切殊荣似乎都来得太晚了。1997年9月28日，何凤山老人在美国旧金山去世，把"国际义士"的美名留给了身后。

在何凤山晚年撰写的《我的外交生涯四十年》一书中，提及当年的行善之举，他只是轻描淡写一笔带过："富有同情心，愿意帮助别人是很自然的事。从人性角度看这也是应该做的。"

那么，当时的处境，真有何凤山说得这么轻松吗？显然不是！事实上，何凤山当时的处境，也是危机四伏。他给犹太人签发通行证，不仅顶着纳粹的压力，而且还受到欧洲各国的孤立。因为当时的纳粹德国，对犹太人正在实行种族灭绝政策。而这，不仅只是源于希特勒的个人恩怨，其实，也与欧洲人对犹太人的历史偏见有关。

说到这里，有必要追溯一下犹太人的历史。作为欧洲的外来迁入者——犹太人，原本是古代闪族的支脉希伯来人，生活在阿拉伯马勒斯坦的土地上。公元一世纪，罗马帝国攻占巴基斯坦，犹太人遭到罗马统治者的血腥镇压。此后一百多年，犹太人多次起义，又屡遭失败，直到后来被罗马统治者彻底赶出巴勒斯坦的土地，成了无家可归的流亡民族。但是，若干世纪以来，丧失了土地的犹太人，却凭借着聪明和勤劳，在欧洲各地经营商业活动，逐渐获得财富，并慢慢控制了欧洲的许多商业命脉。这无疑让不少欧洲人心生嫉恨，从而也构成了纳粹德国后来迫害和屠杀犹太人的历史宿怨。

1933年，希特勒成为德国元首后，大肆发展军队，意欲对外扩张。同时，为了提高民族的凝聚力，掀起德国人民对战争的热情，他又以优等的日耳曼民族为论调，大力宣扬民族主义。于是，排挤甚至灭绝犹太人，便成了民族主义的助推力，也成为发动战争的借口。

何凤山就是在这样的背景下，顶着各种压力，为数千犹太人发放了中国签证。当时，他所在的奥地利，已经被纳粹德国吞并。这个欧洲第三大犹太人居住国，正在成为法西斯的屠杀场。纳粹当局在将第

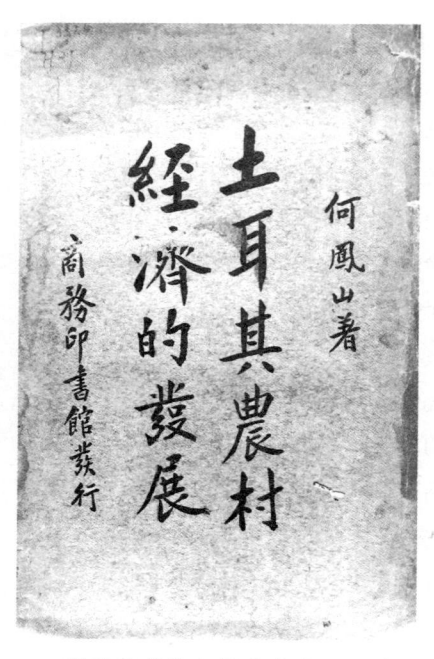

杨卫收藏的何凤山先生1939年出版的著作

一批犹太人送往集中营之后,发出指令,只要犹太人马上离开奥国,即可得到释放。所以,许多犹太人心急如焚,都想尽快摆脱厄运。有的人想去美国,但美国对奥移民的名额已满,而且还要求申请人必须出具经济担保。与此同时,英国政府迫于阿拉伯国家的压力,也严格限制犹太人前往英控的巴勒斯坦。而1938年7月13日,在法国埃维昂召开的国际会议上,又有三十二个与会国家拒绝收容犹太难民。这使得奥国的犹太人陷入了四面楚歌,境况岌岌可危。

此时,只有何凤山所在的维也纳中国领事馆,可以签发去往中国上海的签证。这几乎成了唯一的救命稻草,让许多命悬一线的犹太人,于绝境中看到了希望。

其实,当时的中国上海,已经被日本侵占,并不需要签证即可前往。何凤山当然也知道他所签发的这个证件,只是一个名义上的签证。但是,有了这个名义上的签证,犹太人便可以此为凭逃离死神,移民到国外。所以,这个名义上的签证,也就成了实实在在的护身符。

据说,为了给更多人提供机会,何凤山还放宽了条件,不管什么人，只要提出申请，基本都能够在中国领事馆得到签证。于是，维也纳的中国总领事馆门前，每天都排满了长队，来此求助的犹太人络绎不绝。这自然也引起了国民政府的注意，何凤山的顶头上司，时任中国驻德国大使馆的大使陈介，就曾命令何凤山立即停止发放签证。但是，何凤山并未从命，而是继续我行我素。所以，何凤山的上司还误以为他是在非法买卖签证，从而专门对他进行过调查。当然，结果证明，这都是捕风捉影，无中生有。

不过，何凤山虽然顶住了上司的压力，也澄清了自己，但是，却没有躲过纳粹当局对他的制裁。就在何凤山当上总领事不到一年时间，纳粹当局就以中国驻维也纳总领事馆，租用了犹太人的房子为由，强行将房屋没收了。然而，即便是在如此紧迫的条件下，何凤山仍未退却，而是自掏腰包在维也纳又租了一间小房子，继续坚持为犹太人发放签证。

晚年客居美国的何凤山与太太

从1938年就任中国驻维也纳总领事至1940年5月离开，何凤山到底签发过多少张"生命签证"今天已难考证，但是，从一些犹太幸存者提供的护照原件上的签证号，却能大致做出判断。1938年6月时，签证号为200多号；1938年7月20日时，签证号已超过1200号；1938年11月9日至10日，一夜之间有4000多名犹太人被捕。于是，前往维也纳中国总领事馆申请签证的人越来越多了，何凤山签发的签证，也就骤然猛增。如此算下来，何凤山当年发放的签证，至

213

少也有数千份之多。

当时，许多犹太人就是凭着前往上海的这个名义签证，虎口脱险，后来纷纷逃往了美国、加拿大、南美洲、巴勒斯坦、菲律宾、古巴等地。若干年后，曾有这么一本畅销书出版，专门记述了约400多名维也纳犹太人拿着上海的签证，几经辗转，逃往巴勒斯坦的经历。而这本书的关键人物，便是何凤山先生。

五

1940年5月，随着战火的蔓延，国内局势也陷入了泥沼。民国政府出于战争的需要，急调何凤山归国，参与国内的对日作战。

其间，何凤山曾奉命绕道美国，研究美国是否参战，为民国政府树立抗战信心，提供了重要情报。归国后，他出任重庆行政院经济会议物质科主任，后又兼任美国驻华军事代表团秘书长，授中将军衔。1943年，他就任国民政府外交部情报司司长，期间，曾代表国民政府出访英国，与英首相丘吉尔、外交部情报局长艾登等人会晤，为国内抗日争取了不少国际援助……可以说，二战时期的何凤山，以自己杰出的外交能力，为赢得国际社会对中国抗日的支持，做了许多有益的工作。

不仅如此，何凤山还结合自己的外交经验与学术研究，撰写了许多有价值的文章，如《物质与通货问题》《美国政治和研究》《美国战时动员的研究》《美国的外交政策》《美国的政治经济及社会》

等，并创办了刊物《自由两报》（英文版）、《政治生活》（双周刊），对战后国民经济的恢复，提供了参考依据与理论支持。

二战结束后，何凤山出任国民政府驻埃及大使，直至1956年；1956年至1958年，他又被委派到墨西哥担任大使；1958年，调任玻利维亚任大使；1958年，他开始担任国民党政府驻哥伦比亚大使，直至1973年卸任。自此以后，何凤山告别四十余年的外交生涯，还一介平民，定居于美国旧金山，过着隐士般的生活。

这期间，何凤山出版了《我的外交生涯四十年》一书。其中，涉及他在维也纳时期的外交经历，但是，对拯救犹太人的义举，却是一笔带过。所以，很长一段时间，人们都淡忘了这位慈善的老人，他的种种义举，也随着岁月的流逝，鲜为人知了。直到1997年，96岁高龄的何凤山老人，在美国旧金山去世，因他的女儿何曼礼在讣告中，提及父亲当年任中国驻维也纳总领事期间，曾向犹太人发过签证之事，才让那段感人至深的历史逐渐公之于世。

据说，最先挖掘这段历史的人，是美国的犹太裔历史学家艾立克·索尔。当他在《波士顿环球报》上，看到何曼礼刊登出来的讣告后深为所动，不仅马上联系上何曼礼了解了详情，而且在此之后，还亲自跑去往各地收集证据。正是通过艾立克·索尔的四处奔走，找到不少犹太幸存者及其后裔留下的签证，才拂去历史的灰尘，还原了当年的真相。于是，何凤山的名字，被迅速传播开来。

接着，在犹太人举办的纳粹大屠杀的展览中，何凤山被隆重推出，放到了显著位置；1999年，在上海举办的一个名为"犹太人在上

位于益阳会龙山公园的何凤山墓地

海"的系列活动，何凤山的义举，得到了进一步彰显和传播；2000年1月，瑞典首都斯德哥尔摩又举办了一个名为"生命签证"的展览，在介绍二战期间各国外交官救助犹太人的实物和资料时，中国外交官何凤山被推到了首位；2001年1月，何凤山被以色列政府授予"国际正义人士"称号，名字刻入了犹太人纪念馆的"国际义人园"；2005年，何凤山又被联合国正式誉为"中国的辛德勒"……自此，这段尘封了六十年的历史，终于大白于天下。

我了解到何凤山的种种事迹，就是在此之后。过去，由于父亲参与编撰《益阳地区志》的缘故，我虽然很早就听说过何凤山其人，也知道了他是我的"校友"，且他的出生地——益阳县兰溪乡曹家河，与我母亲的老家——腰铺子的曹家湾，是首尾相连的近邻，但是，对于何凤山在二战期间所做过的这些善事，我却浑然不知。现在，通过历史的重新发现和挖掘，他的义举终于被披露出来，使我感受到了某种博爱精神，也体会到了人的恻隐之心。作为何凤山的同乡，且是"校友"的我，自然也为之骄傲。于是，为了走近这位乡贤，我后来开始有意识地收集何凤山的资料。他在益阳信义会长大，就读信义小学和信义中学的历史，以及1982年曾回母校探访的情况，我就是后来通过资料收集了解到的。原来，我与这位著名的"国际义士"，挨得是如此之近。

2007年,我的家乡——湖南省益阳市,为何凤山先生举行了隆重的纪念活动;同年9月25日,何凤山先生的骨灰被运回故里,安放于风景秀丽的会龙山。一位济世渡人、自己却半生流离的"国际义士",终于落叶归根,入土为安了。

斯人已逝,幽思长存。何凤山先生虽然已长眠于地下,但是,我与他的缘分,似乎还远没有结束。2009年,益阳的知名画家欧阳波先生,以何凤山的家乡为题,创作了一大批油画作品,并嘱我写篇评论文章。我二话没说,便欣然应许。因为这是提供一个机会,让我再次走进何凤山;而走进他,就是走进益阳最具光彩的历史,也是我作为益阳人沾到的荣光。

2018-2-13 于通州

我的家乡意识

我最早对自己的出生地——湖南省益阳市，产生真正的家乡意识，是20世纪70年代末。那时，由于益阳政府要重修成名于1930年代上海的益阳籍左翼作家——叶紫（余昭明，1912年—1939年）的陵墓，他远在广州的遗孀汤咏兰，以及在合肥工作的堂弟余昭望等人，会常因此往返于益阳。而他们留在益阳的亲戚大都在乡下，办事极为不便，所以，他们每次来益阳时，都会住到我们这个远亲家里。我对益阳的家乡意识，正是由他们从外地带进来的。说起来，还真有点"不识庐山真面目，只缘身在此山中"的意思。

其实，我们家跟叶紫扯不上有多亲，只是他姐姐余裕春嫁给了我外公的一个堂兄，算起来，早已不在五服之内，属于刘姥姥与大观园的关系。可尽管我们家跟叶紫没有血亲关系，但由于我父亲也喜爱文学，共同的兴趣与爱好，将远亲关系彼此拉近，所以，叶紫的遗孀汤咏兰也好，他的堂弟余昭望也罢，跟我们家都素有往来，尤其是身为作家的余昭望老人，更是多次在我们家长住。

余昭望老人文武双全，不仅是知名作家，长期担任安徽文联的领导工作，而且还是武术高林，战争年代曾立过赫赫战功。显然，他的武术家身份，更加吸引我这个热血少年。当时，社会上正盛行武术热，有这样一位武林高手住在我们家，我当然不容错过，于是，便提出来要向他学习武术。

旧时的益阳蔚南女中，照片取自杨卫收藏的旧材料

余昭望老人爽快地答应了，不过，他看我太贪玩，不爱学习，也向我提出了一个要求，那就是授我武术的同时，每天再教我一首诗词，我必须在背熟诗词的情况下，再跟他习拳。这是余昭望老人当年"曲线救我"的良苦用心，当时我浑然不觉，就是这样被老人家牵着鼻子走，开始了最初的文学启蒙。

旧时的益阳作育学校，照片取自杨卫收藏的旧材料

正是在余昭望老人的精心设计下，我接触到了一些课堂上不曾读到的古诗词，其中有一首涉及益阳，我至今都历历于心。这首诗名曰《登资阳城楼》，为清代担任

过两江总督的道光进士李星沅（湖南湘阴人，1797年—1851年）所作：

  资阳一带水盈盈，苍翠如环拥石城。
  两岸危峰飞塔影，半江柔橹泊船声。
  荒亭日落裴休宅，故垒风清鲁肃营。
  遥指前程通虎渡，荆门云树接天横。

  虽然李星沅诗中描绘的古益阳城郭，在我儿时大都已经不复存在了，但是，他抽象而概括的语句，展示出一幅优美的画卷，却让我仿佛触摸到了古益阳的底蕴。回想起来，我应该就是从这个时候开始，对益阳有了一种形象的认识。

  此外，余昭望老人还用他一口地道的益阳话，经常向我灌输益阳人的思维，告诉我"一方水土养一方人"，益阳之所以能够出现诸如叶紫这样的作家，就在于这方水土有这样的灵根。正是在余昭望老人的启蒙和影响下，我对益阳不仅有了一种形象的认识，更有了一种价值的确认。

  此后，我每次再填写自己的籍贯时，都会把原来的山东泰安改成湖南益阳，为此，还跟当时仍在世的奶奶争辩过。因为我父亲是山东泰安人，所以，我虽然出生于益阳，母亲也是益阳人，但籍贯随父，过去一直都是填写的山东。然而，现在我却要将籍贯改成益阳，不免有点见异思迁之嫌，奶奶自然会数落于我。不过，她老人家看我少不经事，还如此固执，也就于哀声叹气中勉强默许了。这大概就是我作为益阳人有自我主体意识的开始吧。

今天回溯起来，我的人格形成，确实受益于湖南的风土人情。比如我身上带有的那种执拗与倔强，就与湖南人推崇的"霸蛮"精神相联系；而处理事情的应变能力，又与湖南人强调的"灵泛"意识相关联……或许，这正是我愿意确认自己作为益阳人的性格优势。多年后，为了挖掘这种优势，我开始研究益阳的历史，并通过四处搜集材料，积累了大量的文献。正是通过这些文献资料，我才真正了解到生我养我的益阳，其跌宕起伏的历史沿革与异彩纷呈的人文生态。

益阳属古县，正如湘军将领曾国荃（湖南双峰人，1824年—1890年）在同治《益阳县志·序》中所说：益阳"置县最古"。那么，她到底古到什么时候呢？据文献记载，益阳早在秦王嬴政二十六年（前221年）统一中国时，便已置县，属长沙郡辖区，距今已有两千多年历史。至于其县名，东汉学者应劭（今河南人，约153年—196年）在《汉书》卷8《地理志》"长沙国"条下有注："在益水之阳。"古谓"阳"者，指"水北"也。因此，益阳就是在益水之北。这是最古老的解释。

北魏学者郦道元（今河北人，约472年—527年）在著《水经注》时，参照了应劭的说法："应劭曰：县在益水之阳。今无益水，亦或资水之殊目矣。"一千多年以来，人们一直沿用这个认识，或把益水说成资水，或将益阳故城放到资江北岸的白马山、南湖洲，甚至沅江等地。然而，最新的考古发现，即在资江南岸的兔子山挖掘出益阳古县衙遗址，既推翻了益水为资水一说，也颠覆了古益阳的县治所在地，将益阳更古老的城池确凿无误地落在了兔子山。于是，益阳的历史亟待重写，也有待进一步考古发现……

但是，不管有无益水？也不管益阳之名是否因其而来？有一点不可否认，那就是益阳的先民们择居于此，确实是因为这里依山傍水，有着适宜人类生存的自然环境。这从20世纪考古发现了不少新石器时代的遗存，即可得到证明，益阳境内的古氏族聚落，不仅分布广泛，而且人丁兴旺。

有道是"鱼逐水草而居，鸟择良木而栖"。人也是一样，哪里适合生长，哪里就会形成聚群现象。从这个角度看，益阳当属风水宝地。难怪这里历来为兵家所夺，比如三国时鲁肃与关羽在此对峙、南宋时杨幺与岳飞在此相争等等，原因就在于益阳山峦绵延，曲水流觞，既方便出行，同时又适合人们生息繁衍……可惜，由于历史久远，皇者变换，朝代更迭，益阳留下的古文献不多。现在所知最早出现的地方志，是明弘治年间由益阳举人罗允衡著七卷本《益阳县志》；而能够看到的存世版本，则是清乾隆年间由曾璋等人纂二十四卷本《益阳县志》；至于益阳更为古老的历史变迁已无据可查，我们只能参照这些后人写的县志去追溯，或者通过一些旁证、传说与想象力去弥补了。

据旧志记载，益阳城的兴起始于唐代，其北岸老城是以鲁肃当年屯兵处为基础，慢慢发展出来的。故而，益阳现在还保留着"鲁肃堤"的地名。如果此说成立，那么，益阳故城由资江南岸迁入北岸，也应该是始于唐。

唐朝是中国历史上最为强盛的时期之一。因其统治时间长，政通人和，国泰民安，加之倡商重贾，所以，开创了一个欣欣向荣的局面。益阳正是在这样一个背景下开市通商，拉开资江水运的历史，也逐渐形成了竹木、鱼米等物资的集散地。据说，益阳后来最为繁荣的大码头，其雏形就是那时候出现的。不过，当时还没有与益阳老城连接起来，只是一个相对独立的商业区，名字也不叫"大码头"，而称"歧头市"。

益阳再度发展，是于宋代。因为宋制沿承唐制，不仅发展商业，而且重儒兴学，所以，更是开创了一个文商并举、繁荣昌盛的时代。欣逢这样的好时代，益阳依靠得天独厚的水运资源，发展商贸的同时，还设馆倡学，兴建起了规模宏大的学官等一系列宫殿式建筑。益阳的城市格局与城市文化，由此形成。据说，歧头市与益阳老城之间，通过商铺和贸易联系起来，也是始于此时。

此后，数百年间，益阳虽几经战乱，甚至元末还遭毁城，但其城郭基本没变，均是以宋城为基础，失而复建，并不断向周围扩展和延伸。直至明清之际，益阳老城已发展出了逶迤十五里的麻石长街……我前面说到李进士在《登资阳城楼》诗中描述的益阳，乃是明清之际发展起来的城郭。

我就是生于李进士描述的益阳老城内，虽然待我出生时，已是"文革"的动荡时期，但尚未进入后来的大肆开发阶段，因此，老城里还有不少麻石街，也有许多老房子。我在其中度过了自己的童年时代，故而，对老益阳还有一些朦胧的印象，尚可以通过李进士的描述，拼凑起一幅古城的图景。现在回想起来，我很庆幸自己还能保留下一点老益阳的记忆，否则，内心绝不会有如此丰富，当然也就不可能有如此深情的表达了。或许，这正是我当初从艺的缘分吧。

其实，益阳真正发展起来，还是清末民初。这得益于门户开放，即中国向世界范围开埠通商。虽然这种开放最先是被动选择，甚至包含了战败的耻辱，但是，却带来了文明的进步，促进了社会的发展。也许，这就是祸福相倚的道理。事实上，近代中国的繁荣历史，乃至文明的进程，都是从沿海口岸逐步向内陆渗透的。在此渗透过程中，由于当时的陆路交通尚不发达，故而，水运成为物资运送与文化交流的渠道，使得部分依水而建的内陆城镇，也较早地接触到了世界文明，感受到了世界贸易带来的益处。

清末民初的益阳，之所以能够留下"银益阳"的美誉，发展成为湘北地区最为重要的城市之一，完全得益于开埠通商。自此，以资江水运构成连接世界的桥梁，上通邵武，下达洞庭，转武汉，至上海……益阳作为码头城市，早已不只是局限于传统物资的集散，更是成了新商品、新事物的往来中枢。

在我儿时，益阳有不少人的说话习惯中，还喜欢夹杂一些"洋"字，比如把煤油说成"洋油"，把火柴说成"洋火"，把铁钉说成"洋钉"等等。可见，开埠以后，西洋商品及其意识形态对益阳的渗透和影响，早已融入益阳人的日常生活中，构成了其历史发展不可分割的一部分。

还有一段外来历史与现代益阳不可分割，那就是西方基督教的传入，尤其是信义会的落地生根。清末之前，益阳的宗教虽然也很繁荣，早在唐元和年间（806年—820年），就有广慧禅师在资江南岸的白鹿山兴建了白鹿寺，而城内十五里麻石街上，也密密麻麻分布了九宫十八庙,但大都是将信仰供奉于高阁之中,没有和现实进行有机地结合。然而,基督教的传入,尤其是信义会的扎根,却与之截然不同,他们不仅只是带来了宗教信仰,更是结合益阳的实际情况,制定了一系列人文拯救计划。

据文献记载,基督教进入益阳,是始于清光绪二十七年(1901年)。从那时候开始,就有挪威、芬兰、美国、丹麦、德国等不同国家的近百名外国教牧人员,陆续深入益阳各地进行传教。但是,后来对益阳贡献最大,也是在益阳投入财力、物力和人力最多的,还是挪威人。1902年冬,挪威信义会牧师袁明道进入益阳,在益阳头堡租了一所房子卖书传道。1904年,他转到城内的五马坊购得一幢公馆,设为教堂。由此将信义会落定在益阳。此后,信义会挪威差会

益阳信义中学,照片取自杨卫收藏的旧材料

针对码头城市的益阳,其价值混乱与道德缺失的现状,又投入更大的财力、物力和人力,在资江南岸的桃花仑狮子山置地建房,相继创办了信义小学、信义中学、信义大学(由瑞典人创办,后移交挪威人)、信义女子学校、信义医院、信义电讯,以及育婴堂和瞽目院等等一系列浩大工程。

可以说,信义会以匡时济世、寓教育人的方式融入,不仅只是丰

富了20世纪以来益阳的历史,更是对其人文生态的一种提升。自此以后,益阳作为一个内陆城市,也接触到了世界文明,由此参与到现代社会的进程中。关于这点,从信义小学、中学和大学当年培养出来的诸多人才,如谢冰莹、周扬、周立波、何凤山等等,便可以看出其在益阳结出的累累硕果。假如没有信义会在此兴办教育,传播世界文明,益阳大概不会出现这种人才辈出的现象,也就会缺少新文化的光辉篇章。

事实上,益阳城市的发展,从由资江北岸转入南岸,很大程度上也是得益于信义会。正是因为他们于20世纪初转入当时还是荒郊野岭的桃花仑,开荒破土,设教堂、办学校、建医院等等,才拉开了益阳新城的发展史。当然,益阳人民也没有忘记信义会的功劳和贡献,这从当年由信义会命名的地名——桃花仑,今天仍在沿用,便可看出益阳人对信义传统的吸纳与接受,可以说,早已水乳交融、化于一体了。

2017年,杨卫重访益阳大码头的古巷,过去的繁荣已不复存在

非常幸运,我在益阳生活时,于新旧两城都曾留下过痕迹。1974年底,益阳大桥修通,将资江南北两岸连接起来之后,我们家便迁入资江南岸,落户在了桃花仑。所以,我出生于老城区的大码头,却长在新城区的桃花仑,对新旧

两个益阳均有印象。追溯起来，这大概正是构成我情感丰富的源头吧。所以，我今天回想起益阳，也是一个多层次、多维度的空间，既有老街幽巷，又有绿瓦洋房；既是山色如故，又是资水流韵……

1991年，我大学毕业后，便离开益阳到了北京发展，自此，也像当年的汤咏兰老人和余昭望老人一样，成了漂泊在外的游子。但是，由于他们很早就启蒙过我的家乡意识，又因为我在益阳经历了许许多多刻骨铭心的往事，所以，离开益阳多年以后，我现在也时常会重复汤咏兰老人和余昭望老人的思乡之情。这不禁让我有一种前世今生，仿佛经历某种轮回的感慨。正所谓"江山留胜迹，我辈复登临"。其实，城市也跟人一样，因为代代相承，形成了历史和文脉；又因为出走与回归，产生了生机与活力。

2018-3-4 于通州